田原総一朗
下重暁子

人生の締め切りを前に

男と女、それぞれの作法

講談社+α新書

はじめに

下重　暁子

　2004年の3月だったと思う。田原節子が亡くなったのが8月13日、確かその年だった。余命6ヵ月と言われた炎症性乳がんが6年もって、いよいよ辛そうになったとき、「一緒にお花見しよう」と向こうから誘われた。

　隅田河畔にある高層マンションに私が出向き、二人でお花見をした。当然ながら夫・総一朗は仕事で姿はなかった。花は盛りを迎え、ちらほらと散りはじめていた。二人でベンチに腰かけ、不思議な縁について話した。

「今日は調子がいいから、お昼を一緒にと思って予約したの。おいしいちらし寿司があるのよ」

　すぐ近くの店で食事をすませ、佃島住吉神社に詣でた。何を願ったのか、私には長い時間に思えた。

田原節子、いや私には早稲田時代の〝古賀ちゃん〟がいちばんぴったりくる。早大放送研究会のスター、童謡歌手・古賀さと子の実姉。大学を出ても公募の女性の就職先は、放送局のアナウンサーだけ。慌てて私は放送研究会に駆け込んだら、「入るには試験があります」と言われ、やむなくアナウンス研究会という小さなクラブに2ヵ月ほどいた。

古賀ちゃんとは人生の節目節目で不思議に出会う。自分で食べていくために受けたアナウンサー試験、NHKも民放も片っぱしから受ける。5回の試験の終わりになると、だいたい同じ顔ぶれに絞られる。いつも古賀ちゃんの顔があった。民放一の老舗、日本テレビとNHKの最後の面接が、皮肉にも同じ日。合格の確率を考えて二人でじゃんけんし、古賀ちゃんが日テレ、私がNHKを受け、それぞれの局に入った。

それから私は転勤、古賀ちゃんは結婚・出産。村上節子になったころ、ウーマンリブにも関わっていた節ちゃん（ここから呼び方が変わる）は仕事の配転と闘い、会社側に勝訴、二人とも忙しく会えなかったが、闘争を助けた田原総一朗とダブル不倫の仲になった。

間もなくすでにがんが悪化していた田原さんの奥さまが死去。その葬儀の席で節ちゃんに会った。自分の立場を考えると身の置き場がない彼女とずっと一緒にいて、二人で帰った。

しばらくして彼女は離婚、田原総一朗と結婚、『私たちの愛』という読むほうが顔を赤らめるような本で二人の関係を深く知ることになる。そのころ、私のつれあいが初代プロデューサーでテレビ朝日、田原総一朗の「朝まで生テレビ！」が始まる。人生の大きな節目節目で田原節子と同じ時間を共有することになる。普段、親しく行き来するわけでもないのに。

だから節ちゃんは死んでなお、私にとって大切で不思議な友だちなのだ。また、きっとどこかで会う！

東京12チャンネル（現・テレビ東京）の田原総一朗さんの名はよく知っていた。私がいちばん好きだった「ドキュメンタリー青春」のプロデューサー。

反骨のジャーナリストながら、寺山修司、カルメン・マキらと一緒につくる作品には抒情性があった。

私もその中の「新宿25時」で、新宿西口が一時解放区となった時期を取材し、今も作品として残っている。

私と節ちゃんの間には二人のつれあいにはわからぬ関係がある。あの時期、女性が自由に羽ばたけぬなかで、決して妥協することなく自己表現をし、自分の生き方を責任を持って自分で決める。節ちゃんはその同志だった。やり方は違ったけれど……。

そして今、節ちゃんの死から17年経って、田原さんと向き合って対談している。率直で嘘のないところは二人とも変わっていない。興味の持ち方は内と外と正反対だが、決して妥協せず、倒すべき敵は同じであり、常に自由を求めるところは、あの敗戦を知る者同士だからだろうか。

しかし私には聞きたいことがあった。田原総一朗のプロデューサーとして、信頼され原稿をすべてチェックしたという節ちゃんには、自分なりの自己表現をする欲望は無かったのか。ウーマンリブに関わり運動も続けたが、ほんとうにやりたいことができていたろうか。男はその大きな船に乗っていたが、彼女のなかにほんとうの自分を見つけるためのストレスは溜まっていなかったか。

男と女はシーソーゲーム、愛が強いほど知らぬ間にどちらかが、どちらかをスポイルして気がつかぬものではないか。

相手を最大限生かすために自我を殺して、シーソーは片側に上がりっぱなしにならなかったか。結局その答えは聞けなかった。

目次

第2章 死の準備について

第3章 老いとどう付き合うか

第6章 「生涯現役」を考える

第1章　弱い男と強い女

（妻を亡くし）もう生きていても
しょうがないと思って、青酸カリを手に入れようかと
考えたこともありました（田原）

そこまで……。
それは、自分が死ねば節子さんのところに行けると
思われたからですか（下重）

僕は下重さんと違って、弱い人間なんです（田原）

田原　あまり知られていないと思いますが、僕と下重さんは非常に縁がありますよね。僕が東京12チャンネル（現・テレビ東京）でディレクターをしていた時代には何度か番組に出ていただいたし、プライベートでも、２００４年に亡くなった僕の妻の節子は、下重さんと大学時代からの友人だった。就職の際はテレビ局のアナウンサーの枠を分け合った仲なんですよね。

下重　節子さんはたいへん優秀でした。テレビ局の就職活動中、選考が進んでいくと、だいたいどの局でも同じような顔ぶれが残っていくんです。

そこで仲良くなりまして、最終面接のとき、二人で同じ局を受けるとどちらか一人が不合格になるかもしれないから、受ける局を事前に割り振りましょうと、じゃんけんをしました。どちらが勝ったか忘れましたが、私がＮＨＫを受け、彼女が日本テレビを受けることになり、二人ともそれぞれの局でアナウンサーになったわけです。

田原　そんな縁のある下重さんだけど、実はじっくりお話をするのは、今回が初めてですね。

いろいろとお聞きしたいことがあるけど、まずは高齢者の孤独の問題。特に男は孤独に苦しんでいる。サラリーマンは定年を迎えると途端に元気がなくなり、なかにはうつになってしまう人も珍しくない。

下重　私もその話はいろいろなところで聞きます。

田原　かくいう僕も寂しいと感じることが増えました。もともと性格的に寂しがり屋だったけど、女房を亡くしてひとり暮らしをするようになってからは、とりわけ孤独を感じる。

今は仕事があるからなんとか持ちこたえることができているけど、それがなくなったら生きていられないでしょう。

ところが、下重さんがお書きになった本などを読んでいると、あなたは孤独がまったく怖くないとおっしゃる。むしろ孤独は素晴らしいものだから、楽しめと言う。どうすれば、そんなに強くなれるのか、ぜひ知りたいんです。

下重　私はそんなに強いわけではありませんよ。

田原　僕なんて弱い男だから、暇さえあればあちこちに電話をかけまくって、いつも娘に怒られているんです。そんなこと、下重さんはしないでしょ。

下重　それはしませんね。でも、田原さんの場合、電話で人と話すことも仕事なのだから、いいじゃありませんか。

田原　うん、僕は趣味がまったくないんですよ。人と話すのが唯一の趣味。電話して話を聞いて、その趣味が仕事になっている。これはとってもありがたいことです。

　正直に言えば、孤独を紛らわせるために、仕事をしていると言ってもいい。そんな弱い僕から見ると、孤独に耐えられる下重さんがうらやましくて仕方ない。なぜ、そんなに強いの。

下重　私は生まれつき強かったわけではなくて、強くないと生きられなかったんです。

孤独を好きになる

田原　それはどういうこと?

下重　子どものときに結核を患ったんです。1944年から敗戦の1945年の話です。

田原　下重さんは僕の2学年下だから、小学校2~3年ですか?

下重　そうです。その2年間、まったく学校へ行くことができず、同じ世代の子どもと遊んだことは一度もありません。

田原　当時は大阪に住んでいたんですよね。

下重　父が職業軍人で、敗戦時は配属先の大阪で暮らしていたのですが、そのころは空襲も激しくなって奈良県の信貴山《しぎさん》という山の上に父を除いて一家で疎開していました。

当時は結核の特効薬もありませんから、安静にしているしかありませんでした。やることと言えば、毎日寝て、体温を朝・昼・3時・夜と4回測るだけ。家の向かいにある陸軍病院から軍医さんが来て、ヤトコニンという名前の静脈注射を一日おきに打ってもらっていましたが、それだけです。おかげで私は静脈がとても硬くなってしまい、注射針が入らないんですよ。

田原　2年間、ひとりで寝て過ごしたわけだ。

下重　あのころ、動いているもので私の友だちと言えば、蜘蛛《くも》しかいませんでした。

田原　蜘蛛と話をするの？

下重　向こうは何も言い返してくれませんけどね。おかげで私は今でも、蜘蛛が大好きなんです。

　結核が治って学校に戻ったときも、夏休みの課題か何かで蜘蛛について発表したら、先生にものすごく気持ち悪がられましたね。

田原　今、うつで学校や会社に行けなくなる人が増えているんだけど、下重さんはひとりで2年間も部屋にこもって、うつにならなかったんですか。

下重　ならなかったですね。

田原　なんでだろう。子どもだと、うつにならないのかな。

下重　そんなことはないでしょう。

田原　では、なんで下重さんはうつにならなかったの？

下重　だって、毎日楽しくて仕方ありませんでしたから。もちろん最初のころは多少退屈しましたが、うちの父がいっぱい画集や文学書を疎開先に運び込んでいて、それを毎日毎日めくって過ごすようになったら、まったく退屈はしませんでした。

田原　僕も読書は好きだったけど、そんな年齢で読書しかできないとなると、たちまちうつになって死にたくなったと思う。

下重　そんなことありませんよ。子どもは順応性が高いですから、天井の節穴でも、蜘蛛の巣でも楽しみを見つけるものだと思います。

田原　いや、僕は下重さんと違って、弱い人間なんです。

下重　私だって弱い人間ですよ。

田原　いやいや、僕が仮に下重さんと同じ環境に置かれたとして、少なくとも孤独が好きになんか絶対にならない。逆に病気が治って自由に生活できるようになったら、仲間たちと集まって遊ぶに決まっている。二度と孤独は嫌だと思うはずだ。

下重　私の場合、父の仕事の関係で転校が多くて、友だちを作ってもすぐ別れるので最初から作らない。そこに病気の経験がプラスされて、やむを得ず孤独が好きになったというのはあるかもしれませんね。

田原　孤独が好きなんて、やっぱり僕には理解できないなぁ。

誰かに求められているという実感がなにより大切です(下重)

下重　私は女性のなかでも孤独に強いほうかもしれませんが、一般論としても男性のほうが女性より、孤独に耐えられない人が多いという気がします。

田原　特に長年連れ添った夫婦で、妻に先立たれたときの男たちの落ち込みは激しい。旦那を亡くした女性の比じゃないからね。

女房に先立たれた男の平均余命は1年半だけど、夫を亡くした女性の平均余命は15年だという話もある。女はひとりになっても、ビクともしない。

下重　女は生活者ですから。

田原　男はね、ひとりになってすごく寂しいんだけど、人前ではメソメソできないから、余計にストレスが溜まるんだ。

下重　以前、『文藝春秋』で永六輔さんと田原さんが共に奥さまを亡くされた後に対談をしていたのを読ませていただきました。

あれを読むと、残された男たちがいかに弱いかというのが、よくよくわかりました。私はお二人ともよく存じあげているし、奥さまも両方ともよく知っているものですから、お二人の様子が目に浮かぶようでした。

田原　だって、永さんは奥さんを亡くしてからも旅先から毎日奥さん宛てに手紙を書いていたそうですよ。

下重　あの人は手紙を書かずにいられない質《たち》ですからね。永さんのお父さまが亡くなって、葬儀に行ったときのことですが、私が家へ帰り着いたら、その日のうちに「ありがとう」という葉書が届いたくらい筆まめでした。

田原　どこに行くときも、葉書を持って歩いていましたね。

下重　永さんはご自分の家に人を招かない人でしたから、生前はあまりお邪魔したことがありませんでした。ただ、永さんが亡くなってしばらく経って、お住まいだったマンションにお線香をあげに行ったんです。そのとき、とても驚いたことがありました。

玄関のドアの裏側に紙が貼ってあって、そこに「一、戸は閉めたか　二、鍵は掛けたか　三、水は止めたか　四、ガスは止めたか……」と書かれていたのです。私、それを見たとき、あぁ永さんはひとりになってから、いつも外出するときにあれを見て暮らしていたんだな、と。その姿を想像すると、ほんとうに涙が出ました。

田原さんもやっぱりそういうところはありますか？

田原　まったくない。

下重　えっ？　まったくないんですか。娘さんが全部やってくれるからですか。節子さんがいらっしゃるときは、どのように二人で暮らしていたのですか。

田原　僕はね、節子のときも、その前の女房（１９８４年に死別）のときも、家では全部女房の言いなりです。引っ越しでも何でも。どこの銀行に貯金がいくらあるかも、僕はまったく知らない。

下重　そうすると入ってくるお金の管理も、すべて奥さまがやっていた。

田原　そうです。今は娘が全部やってくれている。財布に1000円札がなくなったからちょうだいとか。そういう感じです。

亡き妻の思い出

下重　私は節子さんをよく知っているから聞きたいんですけど、家事とか田原さんの身の回りのことも、すべて彼女がやっていたんですか？

田原　いや、料理などの家事はやってない。家政婦さんが毎日やってくれていましたから。彼女と結婚するときに、家事炊事は一切やらないでくれと、僕が頼んだの。

下重　カッコいいですね。それは人に頼めばいいということですか。

田原　そう。その代わり、とにかく二人で論争しようと言ったわけ。

下重　論争？　それで二人で毎日論争をしていたの？

田原　そうです。もうベッドに入っても毎晩論争。だいたい彼女が勝つんだけどね。

下重　議論のプロの田原総一朗が負けるということですか。それはわざと負けるの？

田原　そんなことはあり得ない。彼女は優秀ですから、そんなことしたらすぐに見破られます。

なにしろ僕が原稿を書くでしょう、それを彼女がどんどん修正するんだから。しかも僕に確認しないまま、出版社に送っちゃう。

下重　私には信じられない話ですが、それだけ田原さんは彼女の能力を信頼していたわけですよね。

田原　僕はね、割に自分に自信がないんです。

下重　それだけ信頼して、すべてを任せていた奥さまが亡くなると、さぞ寂しい思いをされたでしょう。

田原　心のなかに穴ぼこが開いたようでした。置き去りにされたという気持ちね。

もう生きていてもしょうがないと思って、青酸カリを手に入れようかと考えたこともありました。

下重　そこまで……。それは、自分が死ねば節子さんのところに行けると思われたからですか。

田原　いや、多分生きていく自信がなかったんだろうね。僕はあの世なんてあるとは思ってないから。ただ、ひとりで生きていく自信がなかった。

下重　今は、生きる自信ができましたか。

田原　なんとかね、ありがたいことに仕事があったからね。

下重　絶対そうだと思います。仕事がなかったら、そういう精神的なショックからなかなか立ち直れません。

田原　ありがたいことに、今もそうだけど、相当忙しいのね。とってもラッキーなことに、やらなきゃいけないこともいっぱいある。

こんなこと言うと自慢しているように聞こえるかもしれないけど、安倍（晋三）さんも菅（義偉）さんも志位（和夫）さんも枝野（幸男）さんも、なぜか僕を信用してくれている。「田原さん、力を貸してくれ」っていう感じがあってね。

下重　誰かに求められているという実感が持てることは、生きるうえでなにより大切なことです。

田原　いや、それはほんとうにありがたい。

下重　しかも、身の回りの世話は娘さんが見てくれる。仕事もあって、娘さんたちが近くにいてくれて、田原さんは恵まれていますよ。
田原　娘は僕に怒ってばかりだけどね。でも、それは僕のためを思って怒っているんだと思っている。ありがたいね。

女は仕事がなくならないの（下重）

下重　先ほど田原さんは、奥さまを亡くした哀しみから立ち直れたのは、仕事があったからとおっしゃいましたが、夫に先立たれた女性が強いのも、そこだと思うのです。
田原　どういうことですか。
下重　女は仕事がなくならないの。どういうことかというと、多くの家庭では家事のほとんどを女が担っているわけです。専業主婦という仕事ですね。
それは夫がいようが、いまいが関係なく、続けないといけない。そこが一つの精神的な支えになっているのだと思います。

田原　それと女性は、若いときから家庭とは別の社会を作っているからね。

下重　別の社会ですか？

田原　男はすべての付き合いが会社絡みになりがちだけど、女性はご近所さんとの付き合いとか、地域のボランティア、あとは趣味のカルチャーセンターとかの付き合いもある。そういう人脈があることで、旦那に死なれても、女性は孤独にならない。だから落ち込まずに済むんじゃないかな。

下重　ただ、これも今後は変わってくるのではないか、と私は思っているんです。それは、外での仕事を持つ女性が増えてきているからです。

田原　男は仕事があるから救われて、逆に女性は仕事を持っていたほうが、がっくりくるということ？

下重　たとえば作家の小池真理子さんなどはその典型です。私は彼女のことをよく知っているのですが、おつれあいの藤田宜永《よしなが》さんが亡くなって2年近く経った今でも、毎日泣いているんです。

書いている文章も、よくあれだけ書くことがあるな、と感心するほど、おつれあいの思い出ばかり。

田原　それは出版社から、旦那の思い出を書いてくれと頼まれたからじゃないの。

下重　もちろん、それもあるでしょうけど、それにしてもよくあれだけ思い出があると驚きました。あとは、料理愛好家の平野レミさんも、朝日新聞に自分の人生について連載をしていましたが、そこでもおつれあいの和田誠さんとの思い出ばかり語っていました。

ああいうのを見ていると、配偶者を亡くしたとき、女性は強くて男性は弱いという常識も、そろそろ認識を変えなければいけないのではないかと思いました。

覚悟を決めて、一度ほんとうにひとりになってみてはいかがですか（下重）

田原　下重さんも仕事を持ってバリバリやっているわけだから、将来ご主人が亡くなったら落ち込むことになるんじゃないの。

下重　それは多分ありません。

田原　そうか、下重さんは孤独が平気だからね。でも、だったらなぜ結婚したの。僕は寂しがり屋だから結婚もしたし、子どもも作ったんだけど、下重さんはなぜ結婚したの。実は前から不思議だったんだ。

下重　私はNHK時代に大失恋しているのですが、その男性が生活感のまったくないタイプだったんです。私自身も女としては生活感がないというか、「生活」というものに興味がないと言ってもいいかもしれません。その男性と別れて、しばらくしてから友人と集まってお酒を飲む機会があって、そこにいたのが今のつれあいです。

彼は飲ん兵衛で、しかも料理が上手なもので、トントントンッと、台所でおつまみを作ってくれました。その姿を見て、私が軽視していた「生活」というのは、ひょっとしたら人生のすべての土台で、それがわからない人間はダメなのではないかと感じたのですね。私が感じたからであって、向こうから言われたら反発しますけど。気がついたら結婚していたということです。

田原　では、下重さんは家事をやったりしないの。

下重　料理は向こうのほうが得意だから向こうが作ります。私はそれを食べるだけ。でも、それはあの人が料理好きだからやっているだけで、頼んでいるわけではありません。お互いにすべて好き勝手に生きていますから。家計もすべて独立採算です。

田原　それじゃ、ひとり暮らしと一緒じゃないですか。

下重　そうです。自分がひとりでいるのと同じように暮らせないなら、私は他人と暮らしません。それは最初からそう決めていました。

そもそも、私には他人と暮らす生活を続けていく能力がないことがわかっていますし、向こうも知っていますから。

田原　それが凄いよね。

下重　どうしてですか？　できないのだからしょうがないじゃないですか。

田原　やっぱり二人で暮らすなら、お互いに妥協しあうのが普通だと思う。

下重　妥協ではなく、この人は自分と別の人なのだからと認めます。むしろ二人で暮らして初めてほんとうの自立が試される。まあ、多少諦めもあるかな？

田原　そういう関係なら、どちらかが先に亡くなっても、お互いが妥協して依存している夫婦よりはショックが少ないかもしれない。ただ、それを皆にやれと勧めるのも難しい。

ひとりになるのが怖いと思っている人にアドバイスはありますか？

下重　ひとりになってみることです。

田原　怖くても？

下重　そうです。とにかくひとりになってみるといいと思います。実は、ひとりになると怖いだろうと思い込んでいただけだ、とわかるはずです。

「そのときは、そのとき」と考える

田原　多くの男はひとりになると寂しいだろう、そういう先入観があるから怖いのであって、やってみたらたいしたことはない、とわかるはずだと。

でも、僕は実際にひとりになったけど、寂しいし、孤独だよ。

下重　田原さんの場合は、奥さまが亡くなってひとり暮らしだけど、四六時中娘さんたちに囲まれているじゃないですか。それはほんとうにひとりになったとは言えません。

覚悟を決めて、一度ほんとうにひとりになってみてはいかがですか。そうすれば、きっとひとりで生きるという自信がつくと思います。

田原　案ずるより産むが易し。幽霊の正体見たり枯れ尾花ということもあるかもしれないね。

下重　それは女性にも、ぜひ言いたいです。金銭的な面も含めて、亭主が先に死んでしまったらどうしようとか思っているわけでしょう。

死んでしまったら、もう帰ってこないのですから、自分ひとりは自分で養う訓練をしておくべきだと思います。

田原　下重さんは、そのときに備えて今みたいな暮らし方をしているわけ？

下重　そのためじゃないですよ。でも戦争が終わって大人たちが百八十度変わったのを見て、自分ひとりは自分で食べられないと、言いたいことも言えないと思ったのです。

もちろん、うちのつれあいがいつ、いなくなるかはわかりません。「そのときは、そのとき」と、どこかで思っています。

実際には、私だってひとりになったら寂しいだろうなと予想することはあります。でも、現実問題として今、夜遅くなどひとりで過ごす時間は、ほんとうに満たされた気がするんです。やっぱり、ひとりはいいねって、つくづく思うのです。だから、田原さんもぜひ、ほんとうのひとりの時間を満喫してください。

男は定年退職しても、「元○○」なんだ（田原）

田原　男と女の平均寿命を考えると、女のほうが長い。つまり、配偶者に先立たれる可能性は男のほうが低いわけです。むしろ二度も妻に先立たれた僕のようなケースは例外的でしょう。

でも、女房が健在でも孤独を感じている高齢の男性は多い。これは定年があるからだと思う。要するに男の多くはサラリーマンだけど、彼らはゴルフも麻雀も、だいたい会社の付き合いで、定年になると途端に付き合いがなくなって、それで寂しくなってしまう。この孤独をどう埋めるのかに悩む人が、驚くほど多い。

下重　それまでは毎年たくさん来ていたお中元やお歳暮が、定年になった途端にまったく来なくなって愕然とする男性が多いという話も聞きます。

田原　なぜ、定年になるとサラリーマンは孤独になるのか。

理由の一つは、サラリーマン人生の目的が偉くなることだけだったというのがあると僕は思っている。偉くなるためには会社や上司の言うことに素直に従うしかない。言いたいことを言うと、出世できないのが日本の会社だから。本音を言わないから、ほんとうの付き合いもできない。

下重　すべての価値観が会社なのでしょうね。「男の顔は履歴書」という言葉もありますが、それは、昔も今も変わっていないわけです。

田原　どういう意味ですか?

下重　男の顔は、会社と仕事で決まっているということですよ。

実はかなり前に早稲田の同窓会がありまして、私はそういうのが好きじゃないから、めったに行かないのですが、一度だけ行ったときにビックリしたことがありました。

もう卒業して40年以上経っているのに、女はその人が誰かが一目で思い出せる。あぁ、クラスでいちばんの美人だったけど、シワが多くなったなとか、そういう変化はあっても、すぐにわかる。

ところが、男は誰だかさっぱりわからないのです。それなのに、その男がどんな仕事をしてきたかは不思議とわかる。彼は先生、彼は役人だ、彼は営業に違いない。顔にどんな仕事をしてきたか、全部書いてあるの。

しかも、話をしてみると、全部当たっていました。自分でも怖いほどに。

肩書のない名刺

田原　僕は高校時代の友だちとは今も付き合いがあるけど、大学時代の友人はほとんどいません。僕は早稲田の文学部だから、だいたいみんな新聞社かテレビ局、出版社に就職した。そのときに朝日新聞に入れた奴と落ちた奴、ＮＨＫに入れた奴と落ちた奴といった具合に、差が歴然とついてしまった。それを男は今も引きずりがちだから、仲良くなれない。

下重　そういう気持ちの小さい人と付き合っても楽しくないですからね。

田原　その点、僕はテレビ東京という三流テレビ局に入って、しかも、そこを42歳でクビになったから、誰がどこに就職しようが気にしないんだけどね。

下重　私も一流と言われる放送局に入ってしまったけど、個人として生きるためには、こんなところにいてはダメだと思ったから、自分から辞めました。

あそこにいたら、きっとあのままつまらない人生を送って、嫌な人間になってしまったはずです。つくづく辞めてよかったと思いますね。

田原　下重さんは、最初からＮＨＫに入ることが目的じゃなかったんだ。

下重　そうです。

田原　でも、ほとんどの男はそうは考えない。多くの男の人生の評価基準は、肩書だからね。

下重　年を取って会社も定年になっているのに、肩書のない男の人っていないですね。偶然町で会って、名刺をくれるから見たら、ボランティア組織の役職なんかがズラッと書いてあったりして。笑っちゃいます。

田原　男は定年退職しても、「元○○」なんだ。

下重　「まだ新しい名刺を作っていなくてね」なんて言いながら、会社に勤めていたときの名刺をくれた人もいました。なんだ、この人は？　と思いますよね。名刺をもらった相手がどう感じるか、想像できないのですかね。「昔の名前で出ています」って情けない！

田原　僕はジャーナリストだけど、名刺には肩書が一切なし。名前と連絡先だけ。

下重　肩書がない男って素敵ですよ。そういう肩書にいつまでも頼る男ほど情けないものはありません。だって、それがなくなったら何もないということですから。

田原　僕がなんでも好き勝手なことを言えるのは、肩書がないから。つまり、どこにも所属していないから、気を遣う必要がないんです。

下重　私もまったく肩書はありません。肩書なんか要らないから。強いて言えば「職業・下重暁子」です。

　サラリーマンが定年になって組織から離れても、何かに縛られたいというか、所属していたいと思うのは、相当重傷です。

田原　男がダメなのは、すでになくなっている既得権益を守ろうとするところ。いつまでも、過去の自分にこだわってしまう。

下重　私の場合は物書きだから肩書がないけれど、組織に属していても、女性は男性ほど自分の肩書や、まして会社名にこだわる人は多くない気がします。

それはもともと女性は仕事で認められてこなかったから、自分の顔を持たなくてはいけなかったという側面もあるかもしれません。既得権益が与えられていないから、汲々とする必要もない。自分は自分だと思っているから、強くいられる。そこは男と女が違うところでしょうね。

田原　いつまでもありもしない幻想にしがみつくから、孤独になって、挙げ句の果てにうつになってしまう。「元○○」という自分を、いかに捨てられるかだね。

もう自分は必要とされていない、と言われた気がした（田原）

下重　田原さんはフリーのジャーナリストですし、組織には属していないから、仕事関係で寂しさや孤独を感じたことはないでしょう？

田原　いわゆるサラリーマンの定年とはちょっと違うけど、大きな挫折と、失意を感じたことはある。それは長年やってきたテレビ朝日の報道番組「サンデープロジェクト」が終わったときですよ。

下重　確か10年くらい前でしたね。

田原　ええ。53歳で「朝まで生テレビ！」が始まって、54歳で「サンデープロジェクト」が始まったから、「サンデープロジェクト」は20年続けてきました。

テレビ朝日の社長から直々にやめてくれって言われたときは、ほんとうにショックでした。もう自分は必要とされていない、と言われた気がした。

下重　ご自身で企画から始めて立ち上げた番組ですし、年齢的にもサラリーマンの定年を過ぎているわけですから、これから先を考えると辛かったでしょうね。

田原　おかげさまで「朝生」は今も健在だし、BS朝日で「激論！クロスファイア」が始まったからよかったけど、僕にとって大きな挫折は初めてだったからね。だから、定年後のサラリーマンの孤独は理解できる気がするんです。

「個人」というものを、もっと大切にするべきです（下重）

下重　サラリーマンが定年後に喪失感を抱かずに済むようにするには、どうするか。いいか悪いかはともかく、日本人の多くが会社員として働いているのですから、社会全体として、もっと真剣に考える必要があるかもしれません。

田原　2年前に安倍さんが首相のとき、日本の産業構造を抜本的に改革しようとしたのも、そのためでした。

下重　具体的にはどんなことを目指していたのですか。

田原　一つは、入社10年目に全社員に対して半年間の休暇を出す。そこで、自分は何がやりたいか、今の会社がそれに相応しいかを考える。二つ目は、役員の半分以上を社外役員にするとともに、役員の3分の1を女性にする。そうなれば社長が社外から選ばれるケースも増えるから、社内での出世だけが人生の目標ではなくなる。

下重　そうしたルールを作ることで、表面的には変わるかもしれませんが、権力欲や出世欲のようなものが変わらない以上、抜本的な解決にはならないのではありませんか。

田原　制度を変えても無駄だと。

下重　無駄とは言いませんが、生き方が変わらないと。日本にとって必要なのは、生き方の指標がないことだと思うんです。

田原　確かにヨーロッパの国と比べると、日本は「個人」という概念が希薄です。

下重　そう、「個人」です。

田原　重要なのは「個人と社会」。ところが、日本では「個人と社会」じゃなくて、「個人と会社」だったり、「個人と世間」が重視されてしまう。

下重　憲法13条に「個人の尊厳」について書いてあります。その「個人」というものを、もっと大切にするべきです。

田原　そのためにはどうすればいいですか。

下重　まずは自分に正面から向き合うことでしょう、自分の気持ちに。多くの男性は仕事が忙しいことを理由に、自分と向き合ってこなかった。

ところが、多くの女性は結婚すると自動的に専業主婦になることを求められたり、会社に入っても能力を評価してもらえないことが多いから、自分の人生はこれでいいのか、自分はどうしたいのか、と真剣に考える機会が何度もある。だから、年を取っても不安になりにくいのだと思います。

田原　下重さんなんか、相当向き合っていそうだ。

下重　そうですよ。私にとっては書くこと自体が、自分を掘っていくことですから。

無意味な鎧を脱ぐ

田原　それは、どういうこと？

下重　要するに、自分の内側へ掘っていく。書くことで自分自身が知らない自分に向かって掘り進んでいく。

田原　それは反省みたいなものですか。

下重　反省なんて、そんな殊勝なものではありません。純然たる興味です。

田原　自分の内面に迫っていくということか。そこは下重さんと僕とで違うところですね。

僕も書くことは好きだけど、僕は何のために書くかというと、たとえば権力者がよくない、いまの社会のここがよくない、あるいは、日本では貧富の差が大きい、これはよくない。こういう社会の問題を書くことで追及するのが僕の仕事です。

下重さんはそういう興味というか使命感はないんですか。

下重　そんなことはありませんよ。私も社会に生きている人間ですからね。ただ、私は究極的に言うと、自分にしか興味のない人間なんです。

田原　政治家なんかどうでもいい、と。

下重　なんとかしたいと思いますよ。権力者がこの国を動かしているわけですから。でも、そうは言っても私自身を動かしているのは私なのです。だとしたら、自分自身をもっとよく知らなければ、外のことは理解できない。自分をより深く知ることで外とつながれるというのが私の考え方です。

田原　その考え方が僕と正反対で、むしろ面白いです。

下重　そう思います。

しょう。

田原　逆に、下重さんと僕が共通しているのは、とにかく空気を破りたいということで

下重　そうですね。空気というか、私に言わせると「世間」ですね。

私が今書いていることの多くは「世間」の常識に反するわけで、非常に抵抗も大きいわけです。それは田原さんのように社会を変える力はないかもしれませんが、私にできるのは価値観を少しでも、経済優先からもう少し文化的な方向へ変えたいということなんです。

それは男的なものから女的なものへの変化で、男にとって既得権益を奪われることだと思うかもしれませんが、決してそうではありません。

むしろ男性にとっては、無意味な鎧を脱ぐことで、自由に生きてほしい。私は、あと何年生きるかわからないけれど、そのために私のできることを書くなり、喋るなりして生きていきたいと思っています。

第2章 死の準備について

元気なときから、
終活だと言って騒ぐことは疑問ですね（下重）

まったく同感。
終活なんてやるのは暇だからだよ（田原）

生きている今を、明日を考える（田原）

下重　最近の週刊誌を読んでいて不思議に感じることがあります。それは、なぜあれほど死ぬための準備についての特集記事が多いのか、ということです。
　なかには夫婦で自分たちが死んだ後のことを話し合いましょうと書いているものもあります。私には到底信じられません。もちろん私たち夫婦はそんな話はまったくしません。

田原　くだらないですか？

下重　くだらないですよ。だって、自分が逝ってしまったら、どうしようもないじゃありませんか。最低限、必要な準備はしたほうがいいとは思いますが、それはそのときが来たら考えればいいこと。元気なときから、終活だと言って騒ぐことは疑問ですね。

田原　それは僕もまったく同感だ。だいたい、終活なんてやるのは暇だからだよ。他に

やることがないから、やっているだけ。暇つぶしなんだから、他にやることがあるなら
やる必要はないと思う。

僕も親しい週刊誌の編集者にはよく言っているんですよ。「高齢者はそんなもの、実
際には興味がない。あんなものは他にネタが思いつかないからやっているだけだろ。そ
れなのに、週刊誌が毎週のように騒いでいるから、やらないといけないのか、と思って
いる人まで出始めた。とんでもない」と。

下重　その通りです。もっと他に楽しいことがあるはずなのに、死ぬときのことばかり
考えているから、毎日が暗くなってしまうのです。

せっかく生きているのですから、楽しく暮らさないともったいないですよ。

田原　でも、下重さんも雑誌から死に関する取材を受けるでしょう。そういうときはど
うしているの？

下重　確かに私も時々、死に方やきれいに死を迎える方法について話してほしいという
依頼を受けます。最近は多くなりました。聞かれたことには、できるだけ丁寧に自分の
考えを答えています。でも、終活を積極的に勧めるようなことは、言ったことがありま

せん。
有名な役者さんが、自分のために骨壺を焼いているという話が週刊誌に紹介されているのを読んだことがあります。それも終活の一貫だという趣旨なのですが、それは彼にとってただの趣味なのだと思います。焼き物が好きで、せっかく焼くのなら骨壺も作ってみよう、と。つまり、たまたま焼いたのが骨壺だっただけで、骨壺を準備する必要があると思ったわけではないはずです。

田原　個人の考え方だから、やりたい人がいるなら止めないけれど、少なくともわれわれ二人は終活なんてバカバカしいと考えている。
そんなことやっている暇があるなら生きている今を、明日のことを考えたほうが、よほど建設的だし、健康的です。

断捨離は自分の生きてきた証を捨てるのと同じ（下重）

田原　終活に関連して、「断捨離」という言葉もあります。要するに、生きているうちに身の回りの不要なものを整理しろ、どんどん捨てろと。

下重　これについても私はまったく賛同しません。断捨離というのは、自分の生きてきた証を捨てることですよ。私の出した本に『持たない暮らし』というのがありますが、これは捨てる暮らしではなく、要らないものを買わない暮らしです。

逆に言えば、断捨離をするということは、自分がこれまで辿ってきた道を否定することと同義です。私としてはあり得ません。

田原　そうか、捨てたい過去がある。だから、それを自分が死んだ後に誰かに見られるのが嫌で、断捨離をするわけだ。

下重　自分のこれまでの人生を認めたくないのなら、それはその方の問題ですから、どうぞご勝手にとしか言えません。でも、私は自分の通ってきた道はそれなりに大事ですから、そこに関するものは何一つ捨てようとは思いません。

田原　僕も断捨離的なことにはまったく興味がない。ただ、それは捨てるのが嫌とか、そういうことじゃない。もともと、ものに対してはまったくと言っていいほど執着心がないんです。

洋服なども今は娘たちが、かつては妻が用意してくれたものを着ているだけ。だから、もう着られなくなったものは娘が処分しているのかもしれない。とにかく全部任せています。

下重　ずいぶん無責任ですね（笑）。

田原　いや、ほんとうにありがたいと思っています。でも、下重さんの場合は、積極的にものを捨てないわけだね。

下重　そうです。身の回りにあるものは、すべて私が選んだお気に入りばかりです。少しでも気に入らなければ、たとえ金銭的にどれだけ価値のあるものでも最初から身近に置いておきたくありませんから買いません。

好きで手に入れたものばかりですから愛着もあるし、できるだけ大事にしたい。壊れたり、使えなくなったものも、修理したり、再利用できるものはそうしています。

田原　もったいない、の精神だ。

下重　もったいないというのとも、少し違うんです。そのものたちと関わった自分の時間や思い出を大切にしたいと言ったほうが適切なように思います。
　だから、父や母の実家にあったソファーなども、処分せずに軽井沢にある山荘に運んで使っています。使い込んで表面の生地はダメになっていましたが、そこを張り替えれば、充分快適に使えますから。

田原　ただ、最近は新しいものを買ったほうが、古いものを修理するより安上がりということが多い。

下重　そうですね。特に海外で生産しているものはとても安く手に入ります。ところが修理はそうはいきません。日本の職人さんが手作業でやっているわけですから、手間賃がかかるのでしょう。でも、その価値は充分にあります。
　たとえばソファーの表面の生地にしても、自分の好みのものを選び直すことができます。そうなると、むしろ愛着がわいてくる。軽井沢の山荘ではソファーに限らず、新たに買った家具類はほとんどありません。父や母が使っていたものを使っています。

田原　下重さんは軍人だったお父さんと、あまり会話もなかったそうですね。ご両親の仲も良好とは言いがたかったと聞きます。それなのに、ご両親が使っていたものを使い続けるのはなぜですか。

下重　確かに私は、幼いころから父や母に反抗してきました。しかし、そうだとしても、二人が私の父や母であることに変わりはありません。むしろ反抗したからこそ、思いも深いわけです。ですから、軽井沢の家に二人を連れてきてやりたかったという気持ちもある。せめて家具だけでも私と一緒に連れていっているということでしょう。

反省はしても、後悔はしない（下重）

田原　下重さんが断捨離をしないのは、自分がこれまでの人生のなかで辿ってきた道を大切にしたいからだとおっしゃった。それは僕も同じです。

自慢じゃないけど、過去に二度ほど警察に逮捕された経験があるけど、それらは取材として必要だと考えた行動が、公権力としては問題があると判断されただけで、そのことで後悔するようなことは一切ない。

下重さんは、今、これまでの人生を振り返って、ああすればよかったとか、選択を誤ったかもしれないと思うことはないですか。

下重　それはありますよ。たとえば、私はＮＨＫを31歳のときに退社したのですが、実はその3年前に辞めるチャンスがありました。そこですぐ行動できなかったことは、間違いだったと思っています。

田原　フリーになりませんか、と誘いがあったわけだ。

下重　それまではテレビ局といえばＮＨＫの存在感が圧倒的でしたが、私が入局する前後から、相次いで民放が開局していきました。ところが、できたばかりですから、きちんと司会ができる人材がとにかく不足していたんです。

そこで、民放各局がＮＨＫからアナウンサーを引き抜くということが続きました。男性で言えば、木島則夫さんや小川宏さんなどですね。女性で最初に引き抜かれたのが、野際陽子さん。彼女はＮＨＫで私の1年先輩で、名古屋放送局時代は一緒に仕事をしたこともありました。そして、彼女の次に声がかかったのが私だったのです。

田原　当時、ＮＨＫの下重暁子といえば、美人でしかも話がうまいということで有名だったから、当然だ。

下重　有名だとしたら「下重」という名前が珍しかっただけですよ（笑）。

それはともかく、テレビ朝日、あのころはNETですが、そこから「やりませんか」と話が来たのです。それも、午前中から昼まで私がメインの番組を用意すると言ってくださった。

田原　三顧の礼を持って迎えられた。

下重　私自身もその話に大変興味がありました。受けようと思ったので、恋人にそのことを伝えました。

田原　例の大失恋した彼氏に相談したわけですね。

下重　いえ、私としては相談をしたというよりも、こういう話が来ています、という報告のつもりでした。ところが、その男性は大変なお母さんっ子で、お母さまにもその話をしたらしく、「母親が反対しているから、よしたほうがいい」と言われてしまって。

私、もともとは人の言うことなど、まったく聞いたことがない人間なのですが、なぜかあのときはそれに従ってしまったのです。

不本意な人生を送った父

田原　なんでも自分で決める下重暁子が、彼氏の言うことを聞いてしまったわけね。惚れた弱みですかね。

下重　恋は盲目という言葉もありますが、ほんとうに恋愛というのは怖いですね。いまだにあのときのことは、自分で決めるべきだったと思っています。

田原　でも、独立が数年間遅れただけでしょ。そんなに大きな違いがあったわけ?

下重　人生って面白いもので、そこからあらゆることが、全部崩れてしまいました。

田原　どういうことですか。

下重　私は勘がいいほうだと思っているのですが、自分にとって今が翔《と》ぶべきときだというのが、割にわかるんです。でも、そのときはそれがわかっていながら、行動しなかった。

おかげで、それからの数年間は仕事にも恵まれず、結局恋人とも別れてしまいました。

田原　今も後悔しているわけですね。

下重　いや、あのときの経験で、それからはどんなことも自分で決めるようになりました。それを学んだという意味では悔やんでいるというより、学習に近いかもしれません。

田原　どこまでも前向きですね。じゃあ、それ以降は後悔もない？

下重　後悔はありません。というよりも、後悔はしません。いま振り返れば違う選択をするべきだったと考えることはあります。けれど、そのときは、そのときの私が選んだことだからと納得しています。

たとえば、私の父は絵が好きで、将来は絵描きになりたいと思っていました。しかし、長男で代々軍人の家庭だったので軍人になりました。夢を捨てただけではなく、戦後は公職を追放になるなど、不本意な人生だったと思います。

子どものころの私はそうした父が許せませんでした。父の書斎はアトリエでしたし、旅順にいたころはカンヴァスと絵の具や石膏《せっこう》に囲まれて暮らしていました。それほど絵描きになりたかったのなら、家を出てでも貫けばいいと思い、そうしなかった父に対して反発もしました。でも、そんな父でも、私は一度でいいからパリへ連れていってやりたかったと思っています。

父は模写が得意で、戦後の一時期は生活のために模写した絵を売っていたようですが、そのほとんどが印象派の絵でした。もしパリに行くことができれば、毎日美術館に通って自分のために好きな絵を模写したことでしょう。それを思うと、パリの美術館に連れていってやりたかったという思いは、いまも強く持っています。

しかし、だからといって、父に反抗したことを悔やむことはありません。特に許せなかったのは、戦後あれだけひどい目に遭ったはずの軍人時代の考え方に戻っていくんですね。陸軍幼年学校（中学生）、陸軍士官学校と受けた教育が身についていて、そこへ戻る。怖いですね。

だから、そのときは、そのときの私にとって、それがいいと考えた末に反抗したのであり、それによって自分が成長したといってもいいでしょう。

田原　親に反抗するということは、子どもが成長することですからね。

下重　そうですよ。親に反抗もしない優等生は、ろくな子じゃありません。少なくとも私はそう信じています。だから、私は親と喧嘩をしたり、反抗的な態度を取ったことに、後悔はしません。

ただ、正直に言えば、私は小さいころから身体が弱かったですから、反抗するのも、くたびれるのです。しかし、心のなかで自分の気持ちに正直に行動しなかった父親を許さないと決めた以上、それを貫いてしまう頑固なところがありますね。

「思い残すことがない」のはつまらない

田原　下重さんは、ほんとうに強いね。僕とは大違いだ。後悔しないといっても、過去を振り返って、失敗したなぁと思うことは、ほんとうにないんですか？

下重　後悔とは少し違うのですが、「思い残す」ことはありますよ。

田原　「思い残す」ことと、「後悔」は違いますか？

下重　「思い残す」っていうのは、たとえば旅に行って、どうしても訪れたかったけど、スケジュールや天候の都合で行けなかった場所があるとします。実際、そういうケースはよくありますよね。そうすると、いつか行ってやろうと思うわけですが、現実的にはこの年齢になると行くチャンスがそうそうないということもわかっている。
　そういうことが「思い残す」ということです。
田原　やりたい気持ちは今もあるけど、それがかなわない。人生の宿題が残ったままになっているという感じですかね。
下重　近いかもしれません。やりたい気持ちは今もあって、それができていないことは残念なのですが、後悔しているわけではないということです。
田原　そう考えると「思い残すことはもう何もないよ」なんて言っている奴はつまらないですね。やりたいことを全部やったとすれば、それは最初から何も求めていなかったからではないか、と思います。
下重　つまらないでしょ。付け加えると、「思い出」という言葉がありますね。「思い出」というのは、「思いを出すこと」なんです、自分の思いを出す。だとすれば、思い残すことがなければ、思いというものは出せないのです。
田原　えっ、どういうこと？
下重　たとえば、私が田原さんに対して思いを抱いていたとします。しかし、その思いを伝えるチャンスがないまま田原さんが死んでしまった。そうすると、田原さんへの思いをいつまでも反芻《はんすう》しながら私は生きていくことになる。そういうことも、私は生きていく糧として非常に大切だと思うのです。

田原　思い残すことがなければ、思い出にすらならないということか。

下重　そうです。だからこそ、思い残すことが多い人は、豊かな人生を送ってきたと誇りに思うべきなのです。

遺言書が必要なのは、家族が信頼できないから（田原）

田原　最近は「遺書」や「遺言書」を書く高齢者も増えているようです。認知症になると、判断能力がなくなってしまうから、頭がしっかりしている間に書いたほうがいいということらしい。僕自身、認知症になるのが非常に心配だから、そうなる前に決める必要があることは決めておいたほうがいいという考えは間違いではないと思う。

どう、下重さんは遺書や遺言書を書いていますか。

下重　今の質問で気になったのは「遺書」なのか「遺言書」なのかということ。遺書というのは、死を前にして、人生を振り返っての思いを言葉にするもので、遺言書というのは、要するに自分の死後に遺ったものやお金の扱いについて書き残す、いわば「正式な書類」ということですよね。

田原　そうか、別に考えないといけないわけだ。じゃあ、「遺言書」からいくと、僕は書いていないけど、財産の相続については、専門家と相談して方針は決めた。あとは娘がそれにしたがって、やるようにやればいいと思っている。

下重　そうですね、私も同感です。遺ったものをどうするかは生きている人の問題です。うちの場合、子どもがいませんから、たいしたものはありませんが、私が遺したものはつれあいが対処することになるわけです。しかし、つれあいに対して、細かく何をどうしてほしいなどと書き残そうとは思いません。

これはつれあいも同じだと思いますが、お互いに相手がどうしてほしいかくらい、わかっているからです。その程度の信頼感がないと一緒には暮らせません。

田原　そうか、遺言書で細かく書き残さないといけないのは、家族がいまひとつ信頼できないという面もあるわけだ。残された家族が揉めないために遺言書を書きましょうという専門家もいるけど、「うちの家族は揉めません。だから必要ありません」と言ってもいい。専門家にそう言われて不安になること自体、家族を信じきれないということかもしれない。

下重　もちろん、何を遺言書で書き残しても、裏切る気になれば、いくらでも裏切ることはできるわけです。それは、勝手に裏切ればいい。だって、そのときは既に私は死んでいるわけですから、文句を言うこともできない。

田原　どんなに細かく遺言書を書いても、自分がこの世にいない以上、その通りに実行してくれる保証もない。

下重　ただ、先ほど言ったように私たち夫婦には子どもがいませんから、二人が万が一、一緒に死ぬことになったら、人様に迷惑をかける可能性がある。それで、二人が同時に死んだときのことについてはこうしてほしい、というのを作ってあります。

田原　不吉な話だけれど、夫婦一緒に飛行機で旅行している最中に墜落することがないとは言えない。それは法律に基づく正式なものですか。

下重　そうです。公証役場に行って、公正証書にしてもらいました。

田原　差し支えない程度でいいけど、どんな内容ですか。

下重　財産といっても、80歳までほとんど売れなかった物書きと、元会社員ですから、たいしたものではありません。

ただ、つれあいには兄弟がいますし、私にも兄の子どもがいます。そういう人が法定相続人ということで、私たちの財産を受け取る権利があるらしい。ところが彼ら同士は、お互いにほとんど付き合いがありませんから、唐突に相続だ、分割だ、と言われても困るでしょう。しかも、そういうもので喧嘩になってしまうのは、いちばんくだらないですからね。

そこで、彼らには一切遺さず、すべての財産を寄付することにしました。公正証書にもそう書いてもらいました。

田原　配偶者や子どもなら一緒に暮らしてきたから、亡くなった人がどうしてほしいというのもある程度わかるはずだし、残った家族が揉めることも少ないだろう、と想像できます。しかし、あまり付き合いがない親戚が相続することになると、これは話が別。そこで余計な面倒をかけないために、遺言書を遺すのは意味があるわけだ。

下重　そうです。どちらか片方が死んだ場合は、残ったほうが多少苦労するだけですから、そんなことはどうでもいい。自分で勝手におやりください、ですよ。

私が亡くなれば、恐らくどこかへ寄付してくれるのではないか、と思っています。でも、やらなかったらやらなかったで、それはそれでいいのです。

田原　若い彼女を作って下重さんの遺産で楽しく暮らしても、かまいませんか。

下重　かまいませんよ。あの方の人生ですから。楽しく暮らせばいいと思います。

忘れられるのは怖いことか

田原　じゃあ、もう一つの「遺書」のほうはどうですか。遺書という大げさなものまでいかなくても「エンディングノート」といって、自分の人生を振り返り、家族への思いを書き込む専用のノートも売っている。自身が死んだ後も、自分のことを覚えていてほしい。そういう気持ちが背景にあるらしい。要するに忘れられてしまうのが怖いのだろうね。

下重　なぜ、そんなことが心配だったり、怖くなったりするのか、私には理解できません。自分のことを忘れてしまうのは、他の人でしょう。そもそも、他の人には自分の本当のことなどわからないのだから、意味がないではありませんか。

私が死んだ後に、私の分身が生きているなら、私のことをずっと考えてくれるでしょうが、そんなことはあり得ないわけです。

田原　なるようにならないことを考えても意味がない、ということですね。

下重　そうですよ。思い出してくれる人がいればそれでよし。さっぱり忘れられるのもやむなし、です。

田原　幸いなことにわれわれは物書きだから、書いたものが残りますね。

下重　私が死んだ後に、私が書いたものを読んで、何か感じてくださる人がいれば、それはとてもうれしいですよね。

その意味で、私がいま毎日書いている文章は、自分の生き方や思いを書いているわけですから、ある意味で遺書と言ってもいいのかもしれません。

田原　今日書いている原稿が遺稿になってもいいという覚悟で書いているわけね。

下重　それほど大げさなものではありませんけど、そうなったとしても仕方ないという気持ちはあります。

田原　僕が書くのは政治や社会についてだから、自分の思いを直接書いているわけではないけど、自分がやってきたことの証という意味では、遺書と同じなんだね。

お墓参りはするけど、自分の墓が欲しいとは思わない（下重）

田原　たとえば、この間亡くなった評論家の立花隆さんは樹木葬にしてほしいと、生前に言っていたという話だけど、下重さんはお墓について何か考えている？

下重　うちは夫婦両方とも代々の墓があります。たぶんそれぞれが、それぞれの墓に入ることになるのではないでしょうか。田原さんはどうですか。

田原　それも僕は全部、娘に任せている。何も希望はない。墓に入ろうが、散骨しようが、そのへんに撒かれようがどうでもいい。精一杯生きることができたら、それで終わり。下重さんもそうでしょ。

下重　そう。でも死は宇宙や自然に戻ること。樹木葬のほかに宇宙葬というのもあるようで、できればそんなのがいいかな、と思っています。

田原　狭いお墓に入るのが嫌だ、ということ?

下重　いいえ、お墓のように形として残らなくていいなと思うんです。たとえお墓がなくても、私はすでに死んでいるのだから、わからないわけです。だとしたら、最初から残らない形で埋葬されるほうが、すっきりするかなと思います。

田原　残された親族や知人が、下重さんを思い出すためのよすががあったほうがいいとは思いませんか。

下重　亡くなった人のことなど、どうでもいいと思っているわけではありません。私自身、父や母の命日やお盆にはきちんとお墓参りしていますし、お彼岸には必ずお花を持って両方のお墓に参っています。

田原　これまでのお話からすると、ちょっと意外です。

下重　そうは見えないかもしれませんが、そういうことはきちんとするのです。命日やお盆以外にも、ことあるごとに亡くなった人の思い出話をします。家族に限らず、大事な人のことは友だち同士で話題にします。その瞬間、死者は甦る。それは、死者に対する礼儀だと私は考えていますし、思い出してくれる人がいれば、きっと嬉しいと思うからです。

　いつの日か死んだ私も、誰かに思い出してもらえばきっと嬉しいと思うでしょう。だけど、それは自分がそう思うからするだけです。自分がいなくなった後に、忘れられないように、何か記念になるものを作りたいとは思いません。それがお墓であっても同じです。

田原　自分がしたいから家族のお墓にはきちんと参るけど、それを強制するつもりはない、ということだ。

下重　だって、私は今生きていますが、しばらく本が売れなければ、すぐに忘れられてしまうでしょう。死んでまで忘れられないために何かをするなんて、おこがましいですよ。

「朝生」の放送中に死ぬのが理想の最後です（田原）

田原　僕も下重さんも80歳を過ぎています。お互いこの年まで生きてくると、自分の周りにいる人がどんどん亡くなっていったと思うけど、そういうなかで、あの人の逝き方、死に方はすごく美しかったとか、ああいうふうに自分も最後を迎えられればいいなと思うような人はいますか。

下重　いますね。ノンフィクション『鋼《はがね》の女《ひと》　最後の瞽女《ごぜ》・小林ハル』に書いた、105歳で亡くなった瞽女（盲目の旅芸人）小林ハルさん。最下層で暮らしながら、思わず見る者が正座してしまう品がありました。死の直前まで唱い続けました。

田原　最後の最後まで現役だったから、今も印象に残るんだ。

下重　あとは、物集高量《もずめたかかず》さん。矢崎泰久さんの叔父さんで、有名な国文学者の方は今も忘れられません。

田原　百科事典の編纂なんかした人で、確かテレビの「徹子の部屋」にも何度か出ていた。

下重　私は先生が103歳のときに健康関係の雑誌でインタビューに行ったことがあります。足が少し悪くなっていたのですが、頭はしっかりされていて、とにかくお話が面白い。取材が終わって、おいとまするときに「いつまでもお元気で」と私が言うと、「ええ、ええ、忙しくて、忙しくて死ぬヒマもありません」なんておっしゃるんです。最終的には106歳で亡くなられたのですが、お聞きしたところでは亡くなる前の日まで看護師さんの手を触っていたとか。

田原　今だったらセクハラだとか批判的なことを言われるかもしれないけど、いい話だ。

下重　そうですよ。106歳で亡くなったっていう記事を新聞で見たときには「ああ、死ぬヒマがお出来になったのか」とがっかりしましたけど、最後まで人を楽しませたのだなと思いました。

死期を悟った恩師は飲食を断った

田原　最後の迎え方で他に印象的な人はいますか。

下重　私の早稲田大学の恩師である暉峻《てるおか》康隆先生ですね。

田原　井原西鶴研究が専門で、江戸の庶民文化に詳しい人ですね。「女性が花嫁修業のために大学に進学すると、キャンパス内に女子学生があふれ、男子学生が弾き出される。それなのに女性はいずれ家庭に入り、大学で学んだことを社会に還元しない」として「女子学生亡国論」を主張して話題になった人物でもありました。

下重　あの人は女性蔑視者のように言われますが、とんでもない。むしろまったく逆です。仕事をしている女性を大事にしてくださった。

澤地久枝さんや私もそうですし、実践女子専門学校（現・実践女子大学）の教え子だった向田邦子さんも。「女子学生亡国論」というのも、「亡国論」とあるように、何も社会還元せず、仕事もせずにただ社会にぶら下がって生きているだけの女性になってはいけないという女性に対するエールなのです。だから私は先生が大好きなのですが、先生の死に方は実に先生らしく、素晴らしかった。

田原　具体的にはどんな様子でした？

下重　先生は俳句を長年やっていて、その日も句会で、吟行する予定でした。そこで前日に私も含め澤地さんなど親しいグループのメンバーで集まって、一緒にお酒を飲んだのです。先生は晩年までお酒が大好きでしたから。

ご飯も食べてお酒も飲まれて、それでその日はお開きというところで、先生のために澤地さんが選んだ帽子をプレゼントしました。画家で帽子デザイナーでもあった平田暁夫さんが作った黒の帽子です。先生も大変喜んで、次の日の吟行にもそれをかぶって出掛けられたのですが、そこで風邪をひいてしまい、それがきっかけで93歳で亡くなってしまいました。

田原　最後までみんなに愛されていたんですね。

下重　それはもちろんそうですが、先生が凄いのは、風邪をひいて寝込んだとき、これで自分は終わりだなと、自覚されたようなのです。

もともと先生は鹿児島の浄土真宗のお寺の息子さんで、本来なら跡を継ぐはずだった方です。自分の寿命というのもおわかりだったのでしょう。それからはすべての飲み物も食べ物も拒否されて、静かに息を引き取られたのです。

田原　それはもう一種の自殺というか、即身仏みたいなものだ。

下重　後でお聞きしたら先生のお父様も同じようにして亡くなったそうです。仏教の修行をされていたから、できることなのかもしれませんが、ああした生き方、死に方というのは素晴らしいと思いました。

田原　私も以前そういう人の話を聞いたことがあるけど、何も食べないし飲まないから、変な話、下の世話も周りがしなくていいらしいね。ただ、それは相当に強い意志がないとできることじゃない。僕にはまだ修行が足りないな。

死に方は自分で決めたい

下重　田原さんも、自分の理想の最後を決めているという話を聞きましたよ。

確か「朝まで生テレビ！」の放送中に、田原さんが急に静かになって、どうしたんだろうとディレクターやプロデューサーがふっと見たら、もう息を引き取っている、というやつですよね。

田原　そう、その話はいろいろなところでしていたんだけど、プロデューサーに怒られました。「田原さん、あれはよくない。収録が終わって『ご苦労さん』とみんなに声を掛けてから死んでくれ」って（笑）。

下重　生放送の最中に死なれたら、前代未聞の放送事故ですからね。でも、やっぱり田原さんは生放送の最中に死ぬほうが似合っていますし、カッコいいと思いますよ。

田原　そうだよね。それこそ歴史に残る番組になるからね。そうしよう。

下重　実は、私も自分で勝手に決めた死に方があるんです。

田原　原稿を書きながら机に突っ伏して死ぬとか？

下重　そんな無粋な死に方は絶対に嫌です。場所や状況ではなく、夕暮れ時に死ぬと決めているのです。夕焼けがだんだん茄子紺色になって、それが墨色になって消えていくでしょう。日の光がどんどん弱まって、最後に闇になる、その瞬間に向こうの世に逝く。それが私の理想の死の場面です。

田原　自信満々でおっしゃいますね。

下重　実は、私の母が、決めた通りの形で亡くなったから、私もできると思っているんです。

どういうことかというと、私の母は、自分の母親、つまり私の祖母が、福祉関係の仕事に長年携わっていたことを大変尊敬していました。その祖母が３月18日に亡くなったため、自分も同じ日に死ぬと事あるごとに宣言していたら、ほんとうに３月18日に亡くなったのです。あれには驚きました。もともと母親は意志的な人ではあったのですが、やられたなって思いましたね。だから、私も自分の死に方は、どうしたいかをきっちり決めて、それを実践したいと思っているのです。

田原　言葉は悪いかもしれないけど、自分で死に方を決めて、その通りにやってやるぞと思うと、どこか死ぬのが楽しみになる。別に待ち遠しいとは思わないけれど、少なくとも死ぬことが怖いという気持ちはなくなりますね。

下重　そうです。死を避けていてはダメなんです。死と面と向かって、自分はどういうふうに死にたいかを真剣に考える。演出すると言ってもいいかもしれません。田原さんなんか演出家だからそれは得意でしょ。演出してみると、すごく面白いと思います。

田原　時刻は夕暮れから宵闇に変わる瞬間だと。なぜ、その時間帯に死にたいと思ったんですか。

下重　夕暮れ時というのは、気づかないうちに訪れて、あっという間にある瞬間、真っ暗になっているじゃないですか。それが私はずっと不思議で仕方ありませんでした。

一所懸命見張って、闇になる瞬間を見届けようとしてきたけど、なぜか出会えない。ふとカラスの声がしてそちらを見てしまったり、人の声がしたり、テレビに目が行ったりしているうちに、気づくと暗闇になっている。これが不思議で、どうしてもその境目を見つけたいと思っているのです。

そして、ついにその境目を見つけたと思った瞬間に私が死ぬ。それが理想です。

田原　ロマンチックというか幻想的なシーンだね。しかも、夕暮れと宵闇が入れ替わる瞬間をついに発見した下重さんは、既にこの世にいないから、そのことについて誰にも伝えることができないわけですね。

下重　そうですね。「わかった!」と言って死んでいく。いや、わかったという言葉も発することができない、なぜならもう私は死んでいるのだから。

田原　それは下重さんにぴったりだ。そのときが近づいたら演出で駆けつけますから呼んでください。

下重　いいえ、私はひとりで逝きますから、遠慮しておきます。

第3章　老いとどう付き合うか

早寝早起きは身体にいいかもしれないけど、
無理に生活を変える必要はない（田原）

自分にとって何がいいかは、
医者より本人のほうが知っていて当然です（下重）

3年連続で骨折したら、笑えてきました（下重）

田原　人間は誰でも年を取ると身体が衰えていくわけですが、下重さんが老境に入ったなと意識されたのは何歳ぐらいのときですか。

下重　老境ですか？　あまり意識したことがないですね。強いて言えば10年くらい前でしょうか。10年前までの6年間、私が柄にもない仕事をしていたのはご存じですか。

田原　どんなことでしたっけ？

下重　日本自転車振興会（現・ＪＫＡ）の会長です。

田原　ああ！　ガールズケイリンの推進などやっていましたね。

下重　あの仕事が終了したのが２０１１年、ちょうど3・11の年なんです。その最後の年に、右足首を骨折してしまいまして。しばらくは車椅子生活を強いられたんですが、それでも振興会のほうは一日も休まず出勤して、３期6年を勤め上げました。

ところが翌年、今度は左足首を骨折したんです。右、左と2年続けて足首の骨を折ってしまったわけです。

田原　どうして続けて骨折したんだろうね。

下重　それはわからないのですが、最初のときは車から降りたら地面にこんな大きな石があってね、その上にハイヒールで乗り上げて、スッテンと転びました。

2回目は、今住んでいる自宅の近所の急な坂を、夕暮れ時に歩いているとき、どこかに突っかかってひっくり返って。そのときはそれほどひどくなかったけれど、ゾウみたいに足がパンパンに腫れてしまいました。

田原　年を取ると、どうしても足が弱ってくるからね。なんでもないところで、つまずいたりね。

下重　私もそう思ったから、それからは注意をするようになったのですが、話はそこで終わらなくて。

左足首を骨折した翌年、今度は左手首を骨折するんです。軽井沢で2台のオートバイが坂道を下りてきて、ちょうど散歩していた私のすぐ横を後ろから追い抜いていったんです。凄い大きな音がしてね、あっ、危ないと思ってよろけたときに地面に手を着いて、かばったわけです。そしたらものすごく痛くて、病院で診てもらったら、左手首を骨折していたと。

田原　74〜76歳ぐらいの間ってことですよね。

下重　そうです、そうです。

田原　二度あることは三度あるというけど、ほんとうに続いたわけだ。
でも、そんなことが続くと、もっと悪いことが起こるんじゃないかと怖くならなかったですか。

下重　いや、むしろ足首、足首、手首と「首」ばかり続けて骨折するっていうのは、次はほんとうの「首」が危ないな、なんて思いましてね。
そう考えたら、なんだか悲しいよりも、おかしくなってきたんです。

田原　普通は悩んだり、あぁ、年を取ったなぁと落ち込みますよ。それなのに、そんな自分がおかしいと、むしろ笑い飛ばしてしまう。そこが下重さんの普通と違うところなんだよ。

下重 そうですね、自分でもそう思います。

田原 それにしても、おかしくなるっていうのはどういう気持ちなの。

下重 だっておかしいじゃないですか、同じ「首」が続くんですよ。

田原 いや、そうだけど、次は首を怪我するんじゃないかと思うと心配になるし、悩むわけだけど、下重さんは悩まないわけね。

下重 あんまり悩みませんね。だって、なんだかおかしい、笑えるじゃないですか。

田原 僕には理解できないけど、そうやって怪我しても笑い飛ばせてしまうのが、下重さんの凄いところ。それはよくわかりました。

まぁ、悩んだところで足腰が強くなるわけでもないしね。

60という年齢で定年になるのには意味があるんだなぁと思った(田原)

下重 田原さんは長年忙しく働き続けておられるけれど、大病で仕事を休んだという話は聞いたことがありませんね。身体は強いほうなんですか。

田原　高校時代は野球部に入っていましたから、比較的強いほうかもしれませんね。

ただ、これまであまり言ったことがないけど、テレビ東京を辞めてフリーになった直後、2ヵ月間ほど体調を崩したんですよ。

下重　えっ、それは初耳ですね。病名を訊いてもいいですか？

田原　病気というより、ストレスです。フリーになった翌年、当初は仕事があるか不安だったのですが、ありがたいことに仕事の注文が次々に入ったんです。

こちらはフリーなんだから、いただいた仕事はとにかくやり遂げなきゃいかんというので、徹夜、徹夜でやりました。そうしたら、あるとき、朝起きて新聞を読んだら、文章が読めないんですよ。

一字一字はわかるんだけど、文章になると、たとえば「締め切り」というのが読めないの。

下重　読めないってどういうことですか？　文字が見えないんですか、それとも、霞《かす》んで見えるとか？

田原　字の形は認識できているんだけど、意味が頭に入ってこない。

下重　それは大変ですよ。

田原　そうなんです。これはなんだと思って、部屋にいるのも不安だから、街へ出てみました。看板の文字がやっぱり全部読めない。言葉を話すことはできるんだけれど、文章を書くこともできませんでした。

　これはただ事じゃないというのはわかるし、病院に行かなきゃならないというのもわかるんだけど、そこで頭に浮かんだのが、病院に行ったことが世間にバレると仕事がなくなってしまうのではないか、という恐怖でした。なにしろ、フリーになって1年目ですからね。

下重　田原総一朗は文字が読めなくなったらしいぞ、ということになると、仕事をお願いできませんものね。

田原　仕方ないから、それから約2ヵ月は、当時アシスタントをしていた高野孟《はじめ》や妻に頼んで、僕がしゃべる内容を口述筆記してもらっていました。そうやっているうちに、なんとか元に戻りましたが、あれは怖かったです。

病と付き合う

下重　それは忙しすぎたせいですよ。その後はもう同じ症状は出ませんか？

田原　お陰様で、文字が読めなくなることはないけど、ストレスで消化器系が働かなくなったことはありました。

下重　それはいつごろですか？

田原　60歳を過ぎたころ。その当時はサラリーマンの定年は60歳が当たり前だったけど、60という年齢で定年になるのには意味があるんだなぁと思いましたね。
　還暦を過ぎてしばらくしたら、突然消化器が動かなくなったんです。消化器、胃腸ね。それでがんだと思って入院したの。

下重　がんだったんですか？

田原　入院して検査をしたら、幸いがんではなく、どうも神経の病気らしいことがわかった。そこで、慶應義塾大学病院の精神・神経科に行っていろいろ診てもらったんだけど、よくならない。

困ったなと思っていたら、知り合いのある先生が東洋医学、つまり鍼灸、指圧のいい先生を紹介してくださって。そこへ行くようになったらよくなりました。

下重　田原さんの身体に合ったんでしょう。

田原　それ以来25年以上、毎週1回通っています。

最近はもう鍼は打たなくて、灸と指圧だけですが、元日本テレビの徳光（和夫）さんも、僕と同じところに通っていました。僕にとっては、そこに毎週通って診てもらうことが、すっかり習慣になっています。

下重　その感覚はわかります。私も、月に2回ほど、かつて三國連太郎さんに紹介された中国鍼の女性のところへ通うのをずっと続けていますから。

田原　今、具体的にどこか悪いわけですか。

下重　いえ、べつに今、どこか悪いわけではありません。「未病」って言葉がありますよね。病気になる前の予防のようなもので、ともかくそこへ行っていると安心なんです。

田原　鍼を打ってくれるのは中国の方ですか？

下重　そう、もともとは中国で普通の西洋医学のお医者さんだったそうです。インテリの家系に生まれた女性で、文化大革命のときにお父さんが連れていかれて亡くなってしまった。その後も、亭主が浮気するとか大変な思いをしたそうで、結局、娘を連れて日本にやって来たわけです。それで今は西洋医学と鍼灸と両方できるから、身体のことで少しでも心配なことがあると全部彼女に相談しています。ほんとに、助かっています。

田原　お互いに東洋医学に救われていたわけですね。

雑談の効能

下重　田原さんのことに話を戻しますと、健康面はその先生がいるから不安はないわけですね。

田原　いや、相変わらず胃腸は弱いですけど。

下重　胃腸が弱い人、男の人には多いですよね。

田原　まあ、すごく悪いというわけでもないんだけど、胃腸はずっと弱いから、灸や指圧のほかに、自律神経で有名な先生に主治医になってもらって、いろいろ話を聞いてもらっています。

下重　それはどのくらいの頻度ですか？

田原　月に1回です。でも、だいたい40分ぐらい雑談するだけです。

下重　鍼灸に週1回行って、自律神経の先生のところに月に1回通われている、と。

田原　そうです。鍼灸のほうも、だいたい1時間ぐらい、先生とお話をしながらやってもらっています。

下重　治療よりは、先生とお話しされることが目的なんでしょうね。

そういうときはどんな話をなさるんです？　雑談といっても仕事の話ですか、それともプライベートの話？　たとえば奥さまを亡くしたときなんか、弱音を聞いてもらったりもしましたか？

田原　ありましたね。でも、最近はコロナの話とか、今の政治家の問題点なども言いますよ。

下重　そうですか。その時々に関心があることを、なんでもお話しになるわけですね。そうすると、話が終わるとスッキリしますか？

田原　しますね。

下重　カウンセラーみたいなものですね。やっぱり田原さんは、誰かにご自分の意見を話していないと落ち着かないわけですよ。私は特に人と話さなくても平気な性質なので、そこは違いますね。

田原　そう、僕は自分が非常に弱い人間だと思っています。だからね、下重さんみたいな強い人とはまったく違う。

下重　私だって、別に強いわけじゃないけど、ひとりでいても平気というだけです。

検査結果が正常値から多少はみ出しても、それがどうした(下重)

田原　下重さんのほうは、今現在はとくに身体の不調はないんですね？

下重　わが家が日赤医療センターのすぐ近所なので、一年に1回精密検査をしています。少し前にも行ってきました。2～3年前まではそのたびに再検査しないといけない項目があったんですけど、今回は何もありませんって。

田原　年を取って、むしろ健康になっているわけだ。

下重　健康っていうことじゃないですよ。そもそも健康なんて言葉で言っても、それがどういう状態だか私にはわからないし、人によっても違うでしょ。だから、要するに検査の結果が問題ありの基準に引っかからなかったというだけですね。

今のお医者さんって、みんな紙を見てしゃべるじゃないですか。あの紙の上で、私は何も異常がないっていうことです。

田原　検査結果に一喜一憂する人も多いけど、下重さんはそういうのもない。

下重　正常値とされる数値から大きく外れていれば気にするけど、多少はみ出したからって、それがどうしたって感じです。

田原　ただ、数値の上では正常の範囲でも、日々人間は衰える。それは避けられない。たとえばの話、これまでできていたことが、年齢とともになかなか難しくなってくるとか、疲れが出てくるとか、そういうのはないの。

下重　それはありますよ、当たり前でしょう。この間も、とうもろこしにかぶりついた途端、ポロッと前歯が落ちました。

田原　当然なんだけど、そういうのも不安に感じる人がいる。

特に男はあれができなくなった、これもできない、と落ち込む人が多い。それはどう受け止めればいいんですかね。

下重　肉体的な衰えなんて、あって当たり前なのに、なぜ不安になったり悩んだりするのか私にはわからない。むしろ、その変化を楽しめばいい。

田原　楽しむ？

下重　だって、身体の衰えなんて年を取ってはじめて経験することですよ。

はじめての体験って、どんなことでもワクワクするじゃないですか。肉体的衰えだって、同じことです。おぉ、人間というのはこういうふうに衰えていくのか、なるほど、と。

言ってみれば、発見ですよ。新たな発見があるということは、それは人として進歩しているということでもある。

田原　発想の転換だ。

医者任せの他力本願をやめる

下重 だからこそ、前にお話しした3年続けて骨折したときも、ちっともがっかりしませんでした。次はどこを折るのかと想像したら、ウキウキしちゃって。そうやって面白がっちゃったから、あっという間に治りましたよ。

田原 気持ちが前向きになると、身体も活性化するのかな。

下重 そうですよ。最初に足首を骨折したときも、1ヵ月くらいはギプスをしていましたけど、ギプスが外れたら、もう終わり。後遺症もまったくありません。

手首のほうは、外側と内側の両方が折れてしまったから、医者にも手術しろと言われたけど、絶対嫌だって断って、リハビリで治したんです。

田原 なぜ手術をしなかったの。そのほうが早く回復するでしょ。

下重 少しくらい早く元の生活に戻るより、そのほうがいいと自分の身体が言っているのがわかったからです。

結果的に完治するまでに1年かかりましたけど、おかげで手術した後によくある後遺症的なものは一切ありません。見た目はちょっと変になったけど、そんなことどうでもいい。普通に使えるようになったからそれで充分です。

田原　リハビリは大変じゃなかったですか。

下重　それ自体は楽しいものじゃないけれど、いいこともありました。

リハビリの間になかなか出会えないような若い人たちとの出会いがありましてね。そういうところでお世話になる人たちは、普段の仕事のなかでは会えないような人たちじゃないですか。

そのなかで今では私の大事な友だちになった人もいます。骨折してリハビリをやっていなかったら、あの人たちと友だちになっていなかったと思うと、骨折も悪いことだけじゃないと思えてきます。

田原　どういうときでもポジティブでいることが、身体にも心にもいい影響を与えるということだ。

下重　そうです、そうです。どんなことも、まず気持ちです。気持ちが落ち込んだら終わりです。だけど、それはお医者さんにはできない、気持ちを上げることはね。

ところが、多くの人は誰かにやってもらおうとする。そこに根本的な問題があると私は思っています。

田原　他力本願では、ダメだと。

下重　自分の身体は自分がいちばんわかっているに決まっているんですから。

私がそのことに気づいたのも、やっぱり子どものときに病気をして、ほぼ2年間、学校にも行けずに寝たきりで過ごした経験があったからでしょう。自分の心と身体をどういうふうに持っていったら、少しでもよくなるかというのを、ずいぶん訓練しました。そのおかげで今も自分の身体と会話ができるのですから、子どものころの病気に感謝しています。

年を取ったら、常に余力を残しておく（下重）

田原　身体の衰えについて、いちいち落ち込まないためには、それを素直に受け止める。むしろ、それを楽しむポジティブさが大事だと。それはわかりました。
では、少しでも衰えを進めないためにはどうするか。なにか下重さんは実践していますか。

下重　無理しないことですよ。私も田原さんほどではありませんが、やっぱり仕事人間だから、つい頼まれるとどんどん仕事を入れてしまう。少し前までは一日に三つも四つも仕事を入れて、これはオーバーワークかな、と思っても、問題なくこなせていたのです。

田原　それは僕も同じだ。

下重　そういうことを長年続けてきたから、今も頭のなかではできるんですよ。いや、できると思っているんだけど、実際にはそうではなくなってきた。
たとえば、今日もこの後、三つほどやらないといけないことがあるわけです。多分それ自体はできるんだけど、家に帰ってからとても疲れてしまう。しかも、以前のように一日寝ていれば回復するようにはいかなくなって、次の日、その次の日まで、ものすごくこたえます。それがわかっているから最近は無理をしないようにしています。

田原　具体的にはどうすればいいの。

下重　その日メインの仕事は一つと決めています。一つか、せいぜいもう一つ入れても、そっちは仕事というより、打ち合わせとか人に会うだけのような軽いものにする。そうしないと手抜きになりますからね。

田原　そうか、無理をすればできないことはないけれど、クオリティが落ちてしまうわけだ。

下重　そうです。それで次の日も、その次の日もベストな状態で仕事に向かえなくなると、私にとってはそれがストレスになってしまいます。

ストレスっていうのはいちばんよくないです。身体的なストレスもそうだけれども、精神的なストレスはもっとそうですね。

田原　僕がフリーになった直後に体調を崩したのも、それだね。要するに若いときは全速力で走るのもいいけど、この年になると、ちょっと余力を残しておかなきゃいけない、と。

下重　余力を残して、余力以上のものも睡眠で獲得しておく。だから若いころにもまして、睡眠が大事なんです。

昔は徹夜しても平気だったけど、今はもうよく寝ていないと頭が冴えませんから。

身体が発する声を聞く

田原 だけど、頭では充分な睡眠が大事だってわかっていても、年齢とともに、だんだん眠れなくなる。それはどうしていますか？

下重 私は薬を飲んででも寝ています。睡眠薬、最近は睡眠導入剤ともいうけど、いろいろあるから安全でいい薬を教えてもらわないといけない。私は軽い精神安定剤を寝る前に一錠。

それこそ私はほとんど毎晩飲んでいますけど、それによる副作用もなく、快適に過ごしています。

田原 そういう意味でも、信頼できるお医者さんを見つけておくことは大切だ。

下重 うーん……、もちろんそれも大事ですが、私はお医者さんに頼りすぎるのもダメだと思っています。自分の身体のことは自分で耳を澄ませて、身体が発する声を聞かなきゃ。

作家の五木寛之さんはお医者さんにかからないことで有名ですけど、あれは彼が自分の身体がどういう状態かを知って養生できるから。達人の域に達するのは簡単ではありませんが、自分の身体と対話をするという意識は絶対に必要です。

田原　逆に言えば、身体がいいと感じていることはやってもいい、と。僕は仕事柄、今も深夜まで動き回ることが多い。それを見て、「田原さん、80過ぎて夜中まで仕事していたら、身体に悪いよ」と言ってくれる人がいます。でも、僕は続けている。自分にはこういう生活のほうが合っているから、それでいいじゃないかと。

下重　そういうことです。

田原　早寝早起きは身体にいいかもしれないけど、それで一日中ぼんやりしてたら、そっちのほうがよっぽど早く認知症になりますよ。今、こうして仕事ができているんだから、それができるかぎりは無理に変える必要はない。

下重　自分にとって何がいちばんいいかは、お医者さんより本人のほうが知っていて当然なんですからね。

いちばん嫌なのは認知症になることです（田原）

田原　僕はね、西部邁《にしべすすむ》（評論家）と仲良くてね。結局、彼は自殺しちゃったでしょ。あの心理がよくわかるんです。

下重　自殺したくなる気持ちがわかるということですか？

田原　彼は死ぬ2年ぐらい前から、死にたい、死にたいと言っていました。身体の調子が悪くて、手が思うように動かなくて文章が書けなくなったからです。そのことに、とても悩んでいた。娘さんに口述筆記してもらっていたのですが、それが辛いと。

下重　田原さんにとって、いちばん辛い状況っていうのはどういうことですか。たとえば咽頭がんなどになって、話せなくなることですか。

田原　いや、いちばん嫌なのは認知症になることです。

下重　それは私も嫌ですね。

田原　ところが、最近になって認知症の気が少し出てきたように思えてね。

下重　そんなこと、ないでしょう。でも、認知症が怖いのは、自分が認知症になったということを認知できないから。そこが不安なんですよ。

田原　そう、それ！　そこなんだよ、嫌なのは。

下重　自分で自覚症状があるということは、たんなる物忘れで、認知症とは別だという意見もあるけど、それは違うと思います。そもそも物忘れと認知症のどこが違うかっていうと、そんなに違わないと私は思うようにしています。そう考えておかないと、認知症になりかけていても気づかない気がするんです。

田原　気づかないのは怖いからね。物忘れや、記憶力が落ちるのを防ぐために、下重さんが心掛けていることはありますか。

下重　私自身、文章を書いていて、漢字が出てこないことはしょっちゅうです。少し前まではなんの苦労もなく書けていた字が出てこない。仕方なく辞書を引くわけですが、そういうとき手元にあるハンディー版の辞書じゃなくて、わざと広辞苑を引くんです。
もちろんスマホでも簡単に調べられることはわかっているけど、やらない。広辞苑なんてあんな重いものを持ってきて調べると、大変な労働ですから、それでもういっぺん覚え直すわけです。

田原　あえて大変な思いをすることで、記憶を定着させようと。

下重　そうです。そうやって、一つ忘れたら一つ覚えるというふうにしていれば、少なくともプラスマイナスゼロ。それでもどんどん忘れるけど、少しはマシかなと思っています。

田原　忘れたぶん以上に記憶を増やすことはできなくても、現状維持ができれば、少なくとも物忘れのスピードを遅らせることにはなるね。

下重　田原さんは物忘れや認知症対策として、何かやっていますか。

田原　僕は認知症にならないために、人と会っている。それも、なるべく問題を抱えている人と会うようにしている。問題を抱えている人は真剣に生きているから、そういう人と話をすると、こちらも元気になる。

下重　私も忘れてしまったことを再度定着させることと同時に、新しいものを取り入れるようにしています。いくつになっても、新しいものに門戸を開いておく。

私、若い人が好きなんですよ。男性と話をするのだって、若い人のほうが楽しいに決まっています。

田原　そう。同じ世代の連中と話をするのは楽だけど、刺激はない。面白いのは断然、若い連中だ。

下重　こんなところで同世代で対談している場合じゃありませんね（笑）。

私もつれあいも、お互いを介護するつもりはありません（下重）

田原　ここまでは健康について話をしてきました。お互いにいろいろあったけど、なんとか元気にやっている。でも、いずれは自由がきかなくなるときが来る。要は介護が必要になる。さて、そのときにどうするか。

たとえば下重さんはおつれあいも健在だけど、どちらかが先に介護が必要になったら「あなたやってくれる？」みたいな話もするの？

下重　そんなこと、するわけないじゃないですか。

田原　そんな話はしないということ？　それとも介護なんかしないということ？

下重　話もしないし、多分介護もしません。全部専門の方にお任せするつもりです。

先日、『在宅ひとり死のススメ』という本がベストセラーになっている上野千鶴子さんと対談をしたのですが、上野さんが「大丈夫よ、もう今はね、お金を持っていれば家でちゃんと全部看てもらえるからね」「私はそういう友だちを作っていて、教えてあげるから大丈夫よ」って言ってもらいました。だから、彼女みたいに具体的な方法は知らないけど、不安はありません。

田原　他人の世話になりながら、自宅で最後を迎えられるということ？

下重　そうです。上野さんと話をして気づいたのですが、わが家はマンションで、ご近所さんには老老介護をされているご夫婦もいます。そのご家庭には毎日のように介護士かヘルパーさんが来て、特製のお風呂持参で入浴も含めて全部助けてもらっているわけです。別に直接聞いたわけではありませんが、見ているとわかりますからね。そういう方法もあることがわかったから、お互いに介護なんかする気はないですね。

田原　ということは、高齢者施設のようなところにも入らないということだ。

下重　昔、施設がどういうものだかわからないときは、いずれそうなるのか、と漠然と考えたこともありました。でも、今はまったくそのつもりはありません。いろいろ勉強もしたし、うちのつれあいの母が入っていたときに何度か様子を見にいったりして、絶対ダメだと思いました。多くの人が一緒に暮らすためには仕方ないのでしょうが、一日中、他人に管理される生活など、私には耐えられません。

介護施設には入らない

田原　その気持ちは、僕も理解できる。すると、おつれあいのほうも最後まで自宅にいるぞと思っている？

下重　それはそうでしょう。わざわざ確認をしたことはありませんが、そうだと思います。

田原さんはどうですか。奥さまが亡くなって今はひとり暮らしですよね。介護が必要になったら、施設みたいなところに入るおつもりはありますか。

田原　それは僕も嫌だね。
下重　田原さんは今は元気だし、娘さんたちが身の回りの世話もしてくれているからいいですが、仮に介護が必要になってヘルパーさんとか、田原さんのよく知らない方に世話をしてもらわないといけなくなったら、どうしますか？　田原さんはすごく嫌がるような気がしますが。
田原　そうですね。だから、そういうふうになりたくないんだ。
　僕はね、何か病気になって入院して、寝たきりのような状態で娘たちの世話になるのが、とにかくいちばん嫌なんです。
下重　気持ちとしてはそうでしょうね。でも、病気になって、もう治らないけど命はしばらく持たせることができますよ、と言われたらどうしますか。
田原　延命治療ね。絶対、するわけがない。僕が娘たちにいつも言っているのは、もし僕が倒れたときも救急車を呼ぶなって。それだけは絶対にダメだって言っている。
　実際、そのときに娘がどうするかは、わからないけどね。
下重　それは救急車、呼びますよ。

田原　それが心配。ただ希望があるのは、僕は父親も母親もバタンキューなんですよ。父親は昼寝して、そのまま死んじゃった。母親も庭で花を摘んでいて倒れてそのまま。

下重　じゃあ、田原さんもきっと大丈夫ですね。生涯現役で仕事をし続けて、仕事の最中にバタンキュー。理想的ですね。そうなれるようお互い頑張りましょう。

第4章　毎日を真剣に生きる

僕は趣味がまったくない。
仕事が唯一の趣味です（田原）

私の主義は
「遊びは真剣に、仕事は楽しく」です（下重）

ベッドのなかで妄想している時間が楽しいんです(下重)

田原　下重さんは今、ベストセラー作家で大変お忙しいと思うけど、普段はどのように一日を過ごしているんですか。

下重　これは田原さんも同じだと思いますが、私たちの仕事は決められた休みというものが基本的にありません。仕事のご要望があればやるし、お声が掛からなければ本でも読んで過ごします。

仕事があるときも、基本的には午後しかしません。起床は午前10時、ひどいときは11時ですね。

田原　そうすると夜型の生活ということですね。寝るのもかなり遅い？

下重　そう思うかもしれませんが、夜もそんなに遅くないんです。ゆっくり寝るのがすべての健康法だと心得ておりますので。若いときは別ですが、年を重ねてからは、睡眠っていうのが私にとっていちばん大事な健康法なんです。

だから、寝るのは日付が変わるギリギリ、もしくは午前1時ごろですね。

田原 深夜1時に寝るとして起きるのが10時だと、睡眠時間は9時間。僕なんかは年々、夜は眠れなくなるし、朝は用もないのに目が覚めるからうらやましいです。

下重 1時というのはベッドに入る時間であって、それからいろいろ考えたりしていいます。実はそれが非常に楽しいんです。妄想に耽《ふけ》っているわけです。朝も、だいたい9時半には目覚めますが、そこからが長いんです。

田原 妄想というのは何を考えているの？ 原稿の構想とかですか。

下重 たとえばその日、講演の予定があれば、何をしゃべろうかなと考えるし、それから今後の仕事の展開をどうするかなって考えることもあります。

田原 そんな壮大なことを毎日考えている。

下重 私は感覚人間なので、そうやって長い間考えているうちに、仕事のアイデアがパッと閃《ひらめ》くことがあるんです。よく言うじゃないですか、ノーベル賞なんかをもらった偉い先生が、発見というのは寸時の閃きから始まったって。

でも、いつ閃くかはわかりませんし、長い長い積み重ねがあるわけでしょう。それを私も日頃やっている感じです。もうひたすら、待っているわけですね。

あらゆることを少しずつ積み重ねて、毎日毎日過ごしていく。閃きの瞬間のために、ベッドのなかでもいろいろ考えるのです、妖しい妄想も含めて。

田原　朝と寝る前の妄想も、仕事のためにやっているわけだ。

下重　仕事がないと考えるチャンスがないかもしれませんし、これまでの人生で仕事をしていない時期は一度もないですからね、その意味では仕事のためなのかもしれません。

でも、私はやっぱり遊びも大好きですのでね。だから、思いを巡らせることも、心を遊ばせることで、「仕事＋遊び」ですね。そこは田原さんと違うところではないでしょうか。

田原　その通りで、僕は趣味がまったくない。酒も飲まないし、食事も毎日同じものを食べても平気。仕事で人に会うのが唯一の趣味です。でも、下重さんにとって、仕事と遊びは繋がっているんだ。

下重　境はありますけども、結果としては一緒かもしれません。私の主義は、「遊びは真剣に、仕事は楽しく」っていうことなんです。

だって、仕事ってしんどいことでしょう。だいたい嫌になりますよね。だから何か楽しみを、プラスアルファを見つけて、自分で楽しみながらやらないと続かない。仕事のなかにある何か楽しみを見つけるんです。

田原　僕は仕事そのものが楽しいから、遊ばなくても平気なんだろうね。

自分より若い人と付き合うから、発見がある（下重）

下重　遊びというのは、趣味も含めて、真剣にやらないといけないというのが私の考え方です。遊びだからいい加減でいいって思っている方がいるけど、とんでもない。遊びというのは好きなことですから、手を抜いてはいけません。遊びこそ真剣にやらなきゃ。好きなことを、どうして真剣にやらないのですか？　もちろん、真剣にやるほど、遊びにはお金がかかりますが、それをケチってはいけません。

田原　仕事以外の趣味って、そんなに大切なものですか？

下重　私も仕事が好きですし、仕事がなかったら何をしていいかわからないっていうところはあるんです。

ただ、田原さんと違うのは、私のほうが遊んでいること。遊び方を知っていると言ってもいいかもしれません。俳句をはじめ趣味はいっぱいあるし、仕事と趣味という二つがないと、とても生きていけない。それはどちらも自己表現だからです､私にとっては。

だから、自己表現していない人っていうのは、死んでいるのと一緒だと思っています。楽しみがない人は辛いだろうなぁ。

田原　無趣味の僕には厳しいな。下重さんの今の趣味はなんですか。

下重　一つは歌ですね。中学から歌を習っていて、オペラ歌手になりたかったのですが、芸大出身の先生に「あなたのその細すぎる体格ではオペラはちょっと無理」って言われたんです。それで音楽学校へ行くのは諦めました。

その歌を、50歳のころから、もう一度始めました。あと、48歳のときからはバレエも習っていました。バレエは音楽ですからね。歌は今もほんとうに好きです。すべて忘れられるぐらい好きです。

田原　人前で歌を披露されることもあるの？

下重　60歳でリサイタルもやりました。私の歌好きを知っている方から、催しなどで「歌ってくれ」と頼まれることもたまにあります。ただ、私の歌はお遊びですからお断りしています。だから、歌うとしてもカラオケぐらいですよ、今はね。

田原　えっ、下重さんがカラオケに行くとは驚いた。誰と行くの？

下重　カラオケくらい行きます（笑）。好きですよ、演歌からオペラまで。行くのはだいたい仕事の関係ですね。出版社の人とか。だって、今いちばん長く付き合っているのは、編集者でしょ。

ただし、若い人ね。私、若い人じゃなきゃ嫌ですね。自分より年上なんか、しかも男だったりすると、全然面白くないから。その点、何か発見がある、ときめきがあるっていうのは、やっぱり性別を問わず、若い人ですよ。

田原　ジェネレーションギャップを感じることはない？

下重　もちろん世代が違うから発想も違うし、「コノヤロー」と思ったり、「違うでしょ、もっと勉強しなさいよ」とか思うこともありますよ。

だけど、やっぱり私にないもの、ない感覚も持っていますよね。それを見つけるのはすごく面白いです。そういう若くて面白い人たちと、食事や芝居にもよく行きますね。歌舞伎とかオペラ、それから音楽会に行くことも多いです。

友だちはそんなに要らない

田原　付き合うのはやっぱり仕事の関係者ですか。それは僕と同じだ。

下重　カラオケとか食事は仕事の流れで行くからそういう人が多いですね。

田原　そうすると下重さんは友だちが多いほうでしょ。

下重　友だちというか、知り合いは多いかもしれません。深い付き合いになるのは、仕事以外の方のほうが多いですね。

そもそも、私、友だちはそれほど多くない、というか、そんなに要らないと思っているんです。子どものときから病気がちで、他人とあまり深く付き合わなかったというのもあるかもしれませんが、自分にとってほんとうに心を許せる友だちというのは、まあ5人くらいです。小学校時代の友だちが1人、中学で1人、高校で1人、大学で1人か2人ぐらい。そういう人たちとは今も付き合っています。

田原　それだけでもう5人だ。それ以上は必要ない？

下重　あとはね、なんで知り合いになったのか、今となってはよく思い出せないような地方在住のお友だちがいます。私が講演か何かで行ったときに知り合ったのだと思うのですが、誰が紹介してくれたのか、最初に井戸を掘った人は誰かって考えても、全然わからない。鹿児島とか、青森とか、松江とか、とんでもないところにそういう人がいて、私にとってそこはいつでも逃げていける場所になっています。

田原　ストレスが溜まったときの避難場所だ。

下重　頻繁に会うことはできませんが、しょっちゅう電話が来ますし、LINEでもやりとりしています。

田原　えっ、LINEも。それは驚いた。

下重　何を言うんですか。当たり前じゃないですか。

田原　いや、それは失礼しました。

妻に教わった朝食メニューを、30年間作り続けています（田原）

下重　田原さんは奥さまの節子さんを亡くしてから、ずっとひとり暮らしですが、娘さんが近くにいるとはいえ、食事とか身の回りのことは大変じゃないですか。

田原　昼と夜は外食が多いけど、朝だけは毎日自分で支度をしています。

やかんで食後用の紅茶のお湯を沸かしながら、目玉焼きを作って、食パンを1枚、トースターに入れます。レタスを手でちぎって、目玉焼きと一緒に盛り付ける。あとは、グラスを三つ用意して、それぞれに牛乳、りんごジュース、冷たいお茶を注ぎ終わるころにトースターが「チン」と鳴って、食パンが焼き上がるという寸法です。これは30年間まったく変わりません。

下重　30年間ということは、節ちゃんが元気なときから続けているわけですね。節ちゃんのぶんも田原さんが作っていたの？

田原　前の女房も身体が弱くて闘病生活が長かったから、当時から自宅にいるときは自分で作っていたんです。

今のメニューは、節子がいたときは一緒に朝食の支度をすることもあったから、彼女が作っているのを横で見ながら自然に覚えた感じです。

下重　30年間、毎日同じものだけ食べて、飽きませんか？

田原　僕はもともと食べ物に対するこだわりは一切ないんです。だから全然飽きません。あんこが唯一の好物だから、あんパンはよく食べるけど、あとは元気に仕事ができれば、それだけで充分。

その点、この朝食のメニューはバランスがいいと思うし、なにより今日は何を食べようかとか、余計なことを考えなくて済むからいいんです。

亡き妻の言いつけを守る

下重　ある程度の年齢になると食事に気を遣う人も多いと思いますが、そういう考えはないのですか?

田原　僕はずっと胃腸が弱いから、脂っこいものは控えているけど、それくらいですね。目玉焼きを焼くときも油は使わずに、フライパンに水を1センチほど張って、そこに卵を落とすやり方。ずっとこれです。ただ、トーストにはバターをたくさん塗る。それは、脂肪分を摂らなすぎるのも身体によくないと節子に言われたから。

下重　今もその言いつけを守っているなんて、節ちゃんも幸せだ。

田原　実はね、朝食だけだけど、僕が食事の支度を続けているのは、森鷗外の影響なんですよ。

下重　森鷗外ですか。

田原　そう、僕は森鷗外を尊敬していて、彼がご飯を作る人だって知って、だったら僕もやってみようと思ったわけ。

下重　私も鷗外は大好きですが、その話は初めて聞きましたね。

田原　なんで鷗外かって言うと、彼は軍医なんですね。最後は軍医総監というトップまで行ったわけだけど、それでいて書くものは完全に皇室批判が貫かれている。それを僕は「ドロップイン」って言い方をしている。
会社を辞めて好きなことやるのを「ドロップアウト」って言うけど、彼は組織にいながら好き勝手をやった。そこに惹かれてね。だから僕が、テレビ東京でサラリーマンをしていたころ、とにかくタブーは一切ないとやりたい放題のことをしたのも、鷗外の影響です。

下重　私の「下重」という姓は、島根県の浜田藩がルーツなんです。石見のほうで、森鷗外の故郷と近いわけです。だから森鷗外のお墓にも行きましたが、作品に品があるのがいいですよね。あのように気品のある作品を書ける人はなかなかいません。とくに今はほとんどいないし、過去の作家のなかにもとても少ないですね。だからものすごく好きです。
鷗外が好きで尊敬しているから、30年間も朝食を作り続けているという田原さんも、素敵だと思いますよ。

服に気を遣わないのは、その日を真剣に生きていない証拠（下重）

田原　定年を過ぎたら、男も料理とか新しくやることを見つければいいんだけど、「やることがない」と言っては、家でゴロゴロしている人も多いですね。

下重　リタイヤした男の人って、まず外見に気を遣わなくなるでしょう。あれがよくないと思います。誰にも会わないからといって、毎日、同じジャージーを着ていたり。

田原　よく聞くね。特に奥さんに先立たれたりすると、1週間同じ服を着続けて、ようやく洗濯しようかという感じの人もいる。

下重　そこを変えるだけでも、気分が前向きになりますよね、きっと。私は子どものときからお洒落がすごく好きなんです。それは流行に乗り遅れたくないとかではなく、服装というのは自分を表現する手段だから。

今日も田原さんと会うのに何を着ていこうか、今日の対談のテーマやお相手に合ったものはどんな服装かって、いつも考えています。

男性だってそうでしょう。会社に行くときと、ゴルフに行くときでは違うものを着ていたはずです。だったら、仕事がなくなっても、今日の予定に相応しい洋服は何かと考えるべきです。

田原　下重さんは自宅で仕事をすることも多いと思うけど、そういうときも洋服に気を遣うの？

下重　当たり前じゃないですか。家にいても毎日違う洋服を着ています。一昨日着たものを今日着ることはあるけど、上から下まで二日続けてまったく同じ洋服を着ることはありません。

それは自分の気持ちのためですよ。気持ちを作るためっていうか、一種の演出です。昨日の私は今日の私とは違うんだよ、ということですし、洋服に気を遣わないのは、日々を真剣に生きていないということでもあります。

向田邦子さんが言ってました。普段の仕事着がいちばんお金のかかったいいものを着ているって。誰に見せるわけでもないし、仕事部屋にこもってひとりで頭を掻きむしっているだけなんですよ。それでも小説なり脚本なりを書いているときは、いちばん着やすくて、質がよくて、高価な服を着ていたそうです。見事ですよね、あの人は。

田原　それは仕事を大切に考えていたということだし、その日その日を大切にしているということでもある、と。定年退職した男たちが毎日同じ服を着ているのは、真剣に生きていないということだ。

下重　その通りです。少なくとも毎日洋服を着替える。それだけでも確実に気分が変わるし、明るい気持ちになるはずです。

やることがないっていうのは、探していないことの言い訳（田原）

田原　定年を迎えて年金生活をしている人からよく言われるのが、田原さんはずっと仕事があってうらやましい、ということです。どう思います？

下重　そういう人は多いですね。多分仕事は与えられるものだと思っているのではないでしょうか。仕事は自分で選ぶものだという意識がないのでしょう。口を開けて待っていても何も始まりません。自分で見つけなきゃ。

田原　僕に言わせると、見つからないのは探したことがないからだ。それは仕事に限らずだけど、やることがないっていうのは、探していないことの言い訳です。

下重　そう、本気で探せばやりたいことは必ず見つかります。しかも、それは年齢とは関係ありません。

ところが、世間には、80歳になったからどうだといった、やたらと年齢で生き方を限定する風潮がある。あれはほんとうに気になります。

田原　雑誌でも「80歳からはこれをするな」「80歳までにこれをしろ」といった記事が多い。下重さんは、そういうことには興味がないわけだ。

下重　まったくありません。そもそも私は自分が80歳になったという感覚すらありません。感覚がないのに、なんでそこにこだわる必要があるんですか。

80になったということが、まず先に頭にあるから、これをやろうとか、やめようということになる。でも、それはなんの意味もありません。何ができるかは、自分の身体に聞けばいい。私の身体は80という戸籍上の年齢よりもずっと若いですから、それに合わせて生きています。

田原　そうか、同じ80歳でも元気な人もいれば、もう棺桶に片足を突っ込んでいる人もいる。それを80歳という年齢で一律に考えるのは間違いだと。

下重　雑誌やテレビで誰それが言っていたとか、誰それが立派な賞を取ったらしいといったことを気にするのも同じです。他人のことや、評価など気にする必要はありません。自分を基準に考えればいいのです。

私は今年85歳になりましたけど、それがどうした？　という感じですね（笑）。

田原　年齢のことばかり気にするから不安になる。周りに踊らされず、堂々としろ、と。

下重　年齢を気にするというより、枠のなかに入りたいのかもしれません。自分で枠を作って、安心したいのではないでしょうか。

「もう80だから無理だ」とか、「もう80だからこれでいい」と言っておけば、実はそのほうが楽ですから。楽がしたいならそれでも結構ですが、それなら現役で仕事をしている人をうらやましいと言うべきではありません。

田原　誰かに迷惑を掛けるようなこと以外は、もう好きにやれと。そういうことですね。

第5章　死ぬのはなぜ怖いか

死は避けられない。
だから、静かに待つしかない（下重）

死に限らず、
男というのは待つのが苦手なんです（田原）

死に対する向き合い方は、男と女で違いがあるかもしれない（田原）

田原　人間の人生は様々だけど、ひとつだけ確実なのは、生まれた以上、必ず死ぬことです。どんなにお金があっても、死から逃れることはできない。少なくとも今はまだ、不老不死というのはできない。そんな当たり前のことなのに、なぜか人は死を恐れてしまう。

しかも、不思議なことに若いうちは自分が死ぬことなんか想像もできない。僕がそうだったんですが、自分は死なないのではないかとさえ思いました。ところが、年を取ると突然、死を意識し始めるんです。

下重　交通事故だってあるわけですから、明日死ぬかもしれないという意味では、若者も高齢者も確率はそう変わらないはずなのに、不思議ですよね。

田原　平均寿命というものに近づくのと、肉体的な衰えを突きつけられると、自分も死が近い、と嫌でも考えます。

ただ、その死に対する考え方というか、向き合い方は、男と女では違いがあるのかもしれません。たとえば『文藝春秋』の2021年6月号で、たまたま下重さんと石原慎太郎が老いと死について書いている。

下重　そうでしたね。石原さんの原稿は私も読みました。

田原　そのなかで彼は、死という未知のものに反逆するために自殺を考えてみたり、最終的には死への予感と恐怖を克服するには、自らの老化を阻止する試みを反復する以外にはあり得ない、という結論に達する。

いろいろ言っているが、要するに死ぬのが怖くて仕方ないんですよ。だから、少しでも恐怖心を抑えるために、身体を鍛えようと。結局は死と向き合うのを先延ばししています。

それに対し、下重さんは「迷ったときは待ちなさい」と言い切っていますね。もう余裕綽々。

下重　そんなことはありませんよ。

田原　死なんてものは慌てず騒がず、待っていればいいのよ、と。見事としか言い様がない。

下重　死は避けられないものだし、やがては必ずやってくることがわかっています。ですから、静かに待つしかないではありませんか。

　それが私の考え方ですが、待つというのは意外に楽しいものですよ。

田原　そんなことが言えるのは下重さんが強いからですよ。石原慎太郎なんて絶対待てない。僕も無理だ。

下重　恐らく石原さんは待てないでしょうね。石原さんは男性のなかでも開き直れないほうなのではありませんか。

　以前、石原さんが曽野綾子さんと対談しているのを読みましたけど、曽野さんはキリスト教という信仰も持っているから、死や老いについて非常に強い精神をお持ちなのですが、石原さんは、とにかく不安で仕方ない様子でした。

生存本能に学ぶ

田原　死に限らず、男というのは待つのが苦手なんです。何もしないでじっとしているのが耐えられない。特に死のように実態がわからないものを黙って待つなんてとんでもない。女性は生まれつき、そういうのが得意なの？

下重　いや、待てるというのは私の一種の才能なのかもしれません。

田原　僕もそう思う。なぜ下重さんは待てるの？

下重　私の場合で言えば、これまでの人生が、ずっと待ってきたからですよ。物書きの仕事も若いときからずっと続けていましたが、80歳になってようやく少しは売れるようになったわけですから。

田原　でも、確か学生時代から物書きになりたかったけど、待つのが嫌だからアナウンサーになって、アナウンサーの仕事も自分で捨てて、物書き専門になったんじゃないの？

下重　いやいや、待つのが嫌だからアナウンサーになったわけではありません。自分で食べるためには収入を得なければ……。ただ、いずれは物書きになるだろうという、予感のようなものが自分のなかにあったんです。そうすると、そこから目を絶対に離さない。それを続けてきた結果が今なのです。

田原　虎視眈々と獲物の隙をうかがっている、と。

下重　たとえば田原さんのことを私が好きでも、田原さんのところへ行って「あなたが好きです」などとは絶対に言いません。そのかわり田原さんから絶対目を離さないで、ずっと田原さんのことを思っている。そうすると、相手は自然に気がつく。気がつかないわけがない、という仕掛けです。どうです、怖いでしょう。

田原　こういう強さがね、男にはまったくない。

下重　それも、一種の生存本能で身についたように思います。

前にも話したように、私は小学校2年生から3年生まで、結核でずっと自宅で寝て過ごしました。友だちと遊びたくても、結核が治るのを待つしかない。そんな生活を経験したことで、待つことに慣れたのでしょう。

田原　なるほど。でも、僕だったら、やっぱり待つよりも行動するほうを選びます。そのほうが気楽と言ってもいい。じっと待つのも疲れませんか。

下重　おっしゃるとおりで、待つのは大変なエネルギーが必要です。待つためのエネルギーは、目的に向かって行動するエネルギーよりも多いと思います。

それは誰にとってもそうだろうと思いますし、私にとってもそうです。子どものころの経験で多少は耐性ができたとはいえ同じです。だから、ただ待っているのではなく、相手を観察するのです。それを教えてくれたのが蜘蛛でした。

自然の摂理のなかで

田原　闘病時代の唯一の友だったとおっしゃっていた、あの蜘蛛ですね。

下重　そうです。ベッドで寝転びながら、じっと彼らのことを観察していたのです。蜘蛛というのはあの美しい網を長い時間かけて作ります。夕立で濡れたときなど、うっとりするほど美しいですから、私は惚れ惚れする思いで眺めたものです。

ところが、蜘蛛自身は網が完成するとどこかへ消えてしまう。どこかで獲物がかかるのを待っているのだと思いますが、どこで待っているのかわからないのです。

田原　近くにいるはずだけど、気配を消しているんでしょうね。

下重　それなのに獲物がかかって網がちょっとでも揺れると、あっという間に獲物のところへ行って捕まえている。その素早さといったらありません。あれを見て、目的を達成するには、その戦略がいちばん大切だと学んだのです。

田原　その蜘蛛は巣を作ってからどのくらい待つんですか。

下重　獲物がかかるまでですよ。一日や二日のときもあれば、三日、四日というときもあるでしょうね。

田原　その間は飲まず食わずで、待っている。

下重　もちろん、食べ物を得るために待っているわけですから、それこそ死を覚悟しているといってもいい感じです。

考えてみれば動物というのはみんなそうです。人間だけが、待てずに行動している。そうして生き延びてきたのも事実ですが、それが必ずしも自然の摂理のなかで正しいとは限らない。たとえばコロナに対してもワクチンや治療薬を開発して抵抗していますが、残念ながら後手後手になってしまっています。座して死を待つのがいいとは言いませんが、待つという姿勢も大切ではないでしょうか。

田原　だから、死という絶対に避けられないものに対しても、騒がずに待つのがいちばんだ、と。

下重　私はそう思います。

開き直るのは女性のほうが男性より得意（下重）

下重　私の個性として、待つのが得意だということはあると思いますが、女性一般として見た場合、男性より開き直るのが得意というのはあるかもしれません。

田原　開き直る、どういうこと？

下重　人事を尽くして天命を待つ、というか、やれるだけのことをやったら後は待つしかない。

田原　男は無意味とわかっていることに挑戦するのが美学だと考えることがあるけど、

女性のほうが現実的ですよね。男は好きな女にいくら振られても諦めないとか。

下重　そう、そういう姿勢を男性同士では評価する傾向がありますよね。でも、女性は脈がないとわかると案外、スパッと手を引いて次に向かう。

田原　死についても、そういう開き直りがあるということか。どんなに考えても、死がどういうものかはわかるはずがない。だって、この世に死を経験した人はひとりもいないんだから。だったら、そんなものをぐずぐず考えるだけ無駄ということね。合理的なんだ。

下重　現実主義と言ってもいいかもしれません。そういう開き直りは女性のほうが男性より得意だと思いますし、特に私は昔から割と開き直るタイプでした。

田原　そうか、それなりに年齢を重ねてきた女性が強いのは開き直れるからだ。たとえば、東京都知事の小池（百合子）さん。マスコミでは非常に評判が悪い、こてんぱん。でも、彼女の地位はまったく揺るがない。なぜだろう。

下重　あの人は、自分のなかでは「個人」がしっかりしているというか、それ以外はあまり興味がないように見えます。その意味では開き直れると言ってもいいと思いますが、自分がこうと思うことを最優先する。揺るがないから強いのだと思いますね。

田原　2016年の東京都知事選で、彼女は反自民で大勝利して、自民党を惨敗させた。ところが次の2020年の都知事選で自民党の二階（俊博）さんは、小池を支援すると言った。僕が二階さんに「なぜか」と尋ねたら、残念ながら小池と勝負して勝てそうな候補が見つからない。喧嘩をして負けるよりは、取り込んだほうがいいと言っていました。なんでそんなに強いんだろう。

下重　それも彼女が自分ファーストだからですよ。言葉では都民ファーストと言っていましたが、そうではなくて、自分ファーストです。それはある意味で「個人」が確立していると言ってもいいし、別の言い方をすれば、開き直りですね。

田原　そういう意味では、いっさい妥協してないよね。

下重　そうですね。彼女が狙っているのは日本初の女性総理かもしれませんが、確固たる目標があって、そこに行くには手段を選ばないといった感じです。彼女の考えを評価するかどうかは別にして、あの強さは並大抵の男たちでは太刀打ちするのが難しいでしょう。恐らく、小池さんも死を恐れていないと思いますよ。

田原　批判されても、それがどうしたって開き直っちゃう。ある意味でいちばん強いね。確かに小池さんは、死んだらどうしようとか悩んだりしなそうだ。

死んだらすべて終わりでは味気ない（下重）

下重　田原さんたち、多くの男性が死を前に落ち着きがなくなるのは、死が怖いと思っているからですよね。田原さん個人は、死というものに恐怖を感じますか。

田原　いえ、まったく感じない。僕は精一杯生きりゃいいと思っている。

下重　それは死ねばすべて終わりということですね。すると、死後の世界というのもないという考えですか。

田原　僕はないと思う。死んでしまえばそれで終わり。だから、精一杯生きなきゃいけない、というのが僕の主義。

下重　生きている今を精一杯生きるべきだということに私も異議はありませんが、死後の世界があるとしても、やっぱり精一杯生きなくてはいけませんよね。

　では、死後の世界がないと思われる理由はなんですか。

田原　だって来世を見た人間なんかいないんだから。見た人がいて、こうだったと僕に示してくれれば信じます。

　昔の話ですが、僕は創価学会の池田大作名誉会長に2度取材で会っています。創価学会では死後の世界があるという立場なんだ。前世があって、現世があって、来世がある、というわけ。そこで池田さんに僕は訊いた。

「来世っていうけど、来世を見た人間って誰もいない。なぜ、来世があると断言できるんだ」

　そのとき、池田さんが面白いことを言った。

「もし来世があって、この世で悪いことしたら、また来世でも苦しむと思うと、悪いことをしなくなる。あると信じて、この世でいいことをして、結局、来世がなくたって、それはそれでいいじゃないか」

　わかりやすいですよね。池田大作という人のいいところは、変な小理屈を絶対言わないところなんだ。

下重　私は肉体が死んでも、それでスパッとすべてがなくなるというものではないと思っているんです。

人間には思いのようなものがあるじゃないですか。それは、目に見えるものではないし、科学的に証明できるものでもないけれど、あるとき、形になって現れることもあるのではないでしょうか。

田原　魂のようなものですか。

下重　私と田原さんの二人で亡くなった人の思い出話をしていると、その人の姿がふっと見えるような気がすることがありますよね。そういうことです。

前にも言いましたが、そもそも思い出というもの自体、「思いを出す」という意味です。われわれ生きている人間が、亡くなった人についての思いを出すことで、一つの形を結ぶということがあり得るかもしれないというふうに思っているのです。

田原　死んでも思いが残っているから、思い出すということか。

下重　たとえば私が田原さんと、亡くなった節ちゃんの話をすることは、節ちゃんへの思いを出しているわけです。すると、その瞬間には節ちゃんがいるんだと思う。
　それが真実かどうかはわかりませんが、そういうものを大事にしたいし、そうでないと、死んだらすべて終わりでは味気ないではないですか。

田原　下重さんはお化けとか幽霊も信じるの？

下重　私は割と霊感みたいなものが鋭い人間ですから、実際に幽霊も何度か見たことがあります。でも、それは私だけではないでしょう。遠藤周作さんなどもそういう経験がおありで、それを小説に書いておられますし。

田原　遠藤周作もそうだけど、佐藤愛子は完全に向こうの世界と通じているらしい。

下重　佐藤さんは神がかっているというか、霊界と話ができるとおっしゃっている。あそこまでいくと私たちアマチュアと違って、完全に玄人さんの世界ですけど、それでも思いが死後も残るということがなければ、つまらないという気がします。

田原　僕なんかは佐藤愛子を見ていると、どこまで本気なのかと思っちゃうけどね。

僕は女房の骨をまだ自宅に置いてあるんです（田原）

下重　田原さんは自分の肉体が死んだらそれで終わり。何も残らないとおっしゃいましたね。

田原　そう、死んだら終わり。

下重　でも、亡くなった節ちゃんの思い出の品みたいなもので、今も大切にしているものはないですか。たとえば手紙などは。

田原　ない、何もない。

下重　そもそも彼女は手紙を書くようなタイプではなかったですからね。むしろ、話し言葉で表すタイプでした。

田原　前にも言いましたが、毎日二人で討論していました。

下重　そういう二人で過ごした日々などを振り返って、思い出に浸ることはありませんか。

田原　浸らないけど、振り返ることはあります。こんなことがあった、あんなことがあったっていうのは。

下重　たとえば命日なんかにはお墓参りに行ったりはされますか。

田原　それは行きます。でも、自分で記憶していたり、手帳に書いたりしているわけではなくて、娘が命日だからお墓参りに行きましょう、と準備してくれる。

下重　毎日、目の前のことに一所懸命になっている田原さんらしいですね。ただ、田原さんご自身は「死んだらおしまい」っておっしゃるのに、お墓には参られる。そんなときはセンチメンタルな気持ちにはならないのですか。

田原　ならないですねぇ。でも、お墓で思い出しましたが、僕は女房の骨をまだ自宅に置いてあるんです。

下重　骨ですか、どういう形で取っていらっしゃるんですか。肌身離さず持っているとかですか。

田原　いや、僕の部屋に壺に入れて置いてあって、その壺は時々擦《さす》ったりしますね。それで不思議なのが、以前深夜のバラエティ番組で、スピリチュアル系の女性が我が家に来たことがあった。僕の部屋に入った瞬間に、ここに何かありますねって言って、骨のところに行ったんだ。あれは驚きました。

下重　お墓に入れたくないという気持ちがあって、今も置いていらっしゃるのですか。

田原　そんなにこだわりがあるわけではないのですが、ただ、なんとなく、今もあるんです。

下重　田原さんのそういう節ちゃんへの思いが残っているから、そのスピリチュアルの方も何かを感じたんだと思いますよ。

田原　そういうものかもしれませんね。

やりたいことが残っていれば、延命治療を受けるかもしれない（下重）

田原　下重さんは死んだ後も思いはずっと残り続けるという。そういう下重さんに聞きたいのが、尊厳死をどう考えるのか。後でまた話しますが、人間の寿命が120歳まで延びるという話もある。そうなるとこれはますます大問題になると思うし、実際に尊厳死を認めるべきだという意見も増えている。

下重 尊厳死というのは、重い病気にかかって、治る見込みがないときなどに自分の意志で死を選ぶということですよね。非常に難しいです。

田原 世界的にはこれを認めるべきだという考え方が広がっていて、スイスとかオランダなどは、すでに国として法律で認めはじめている。

下重 その人の価値観ですから、選択肢として準備することはいいと思います。

田原 難しいのは、もう治療は必要ない、死なせてくれ、と思っても、死ぬ直前になったらやっぱりもっと生きたいと思うかもしれない。

下重 気が変わったら、医者にそれを伝えて治療や延命措置をしてもらえばいいわけでしょ。そこは一度こうすると決めたからといって、別にこだわる必要はありません。

私が気になるのは、自分の意志を伝えられなくなった後のことです。どなたがお書きになったかは失念しましたが、人間は意識がなくなった後も、感覚がすべてなくなるわけではないそうです。

田原　いわゆる脳死状態になっても感覚はあるということね。

下重　もっと言うと、他の人からは、もう何も考えていないように見えても、それは考えを外に伝えることができないだけで、本人は頭のなかで判断しているのだと思うのです。仮にそうだとしたら、そんなときに勝手に殺されるのは嫌だと思いませんか。

もちろん自分が同意したのだから、それでいいとも言えますが、少なくとも本人以外が、もう楽にさせてやろうと判断するのはどうかと思います。

田原　最後の最後の瞬間も意識はあるという意見もあります。

下重　そう、感覚もある。臨死体験をした人の文章を読んでも、最後まで音は聞こえたということが書かれています。

田原　でも、治る見込みが１００％ないのに、今は延命措置をして生きているという状態にしているケースがある。それが医療費の高騰にも繋がっているわけだけど、僕はそれはやめてくれ、と拒否することを柔軟に認めるべきだと思う。

下重　それは私も同感です。その場合は自分が考えて、自分で延命治療を止めると決断したわけですから。

田原　何かの病気で入院して、食べ物が口から食べられなくなると、昔は胃瘻《いろう》で栄養だけ身体に送っていたけど、最近は拒否する人が多いらしいですね。

つい最近も、僕の友人が入院して食欲がなくなって、胃瘻をやるかどうか奥さんから相談されました。僕が直接本人に聞いたら着けたくないというから、それを奥さんに伝えた。そこから3週間後に亡くなりました。

下重　そうですか。

田原　仮にそこで胃瘻を着けることを選択すれば、もっと長く生きられた可能性は高い。場合によっては年単位で延びることだってある。でも、それが幸せかということです。

下重　それは本人の考え方、生きるとは何かという哲学に関わることと言ってもいい。だから、本人が胃瘻を着けて少しでも寿命を延ばすことに意味があると思えば、やればいいのでしょう。田原さんはどうしますか。

田原　僕は着けない。別に食べることにも執着はないけど、ただ生きているだけの生活なんか続けても、なんの意味もない。

下重　ちょっとずるいかもしれませんが、私はそのときの感覚次第で判断したいです。まだものが考えられると思ったら、着けるかもしれません。少なくとも、なにかその状態でもやりたいと思うことが残っていれば、延命治療を受けるでしょうね。

自己表現してない人は、死んでいるのと同じ（下重）

田原　そうすると次の問題は、人間はなんのために生きているか。ズバリ訊くと、下重さんにとって生きる目的はなんですか。

下重　それは、はっきりしています。すでにご説明したように、私にとって生きるというのは自己表現をすることです。極端に言えば、自己表現をしてない人は、どれだけ元気でも死んでいるのと同じだと思っています。だから、どんな形でもいいから生きている限り、何か自己表現をしなきゃいけない。

田原　それ、言葉ではわかるけど、簡単じゃないですよ。自己表現するといっても、他人がそれを表現だと認めない限り、表現したことにならないですよね。
　だから物書きでも絵描きでも、他人から認めてもらおうと、一所懸命に自己アピールするわけ。でも、下重さんは他人には認めてもらわなくてもいいんでしょう。

下重　私にとっては自己表現することが目的であり、認めてもらうことが目的ではありませんから。私の経験から言いますと、自分から無理矢理認めてもらおうとしなくても、表現活動を続けていれば、いずれは必ず認められるものですよ。

田原　そこも待つということね。そこがね、僕と違うの。凄いね。

下重　おめでたいだけですよ。端的に言えば。

田原　絵描きでも作家でもスポーツ選手でも、やっぱり他人に認めてもらいたい、そのために頑張るんだと僕は思うんだ。僕なんか特にその傾向が強いけど、とにかく褒められたい。でも、下重さんはそこがない。

下重　完全にないわけではありません。褒められたり、評価されたりすれば、それは嬉しいです。でも、それは結果でしかない。それがあってもなくても表現を続けるということには変わりないわけです。

田原　結局、自分に自信があるんだ。

下重　だから、おめでたいだけですよ。ただ、これまでの人生を振り返ると、たとえば、あそこの出版社から仕事の依頼が来るだろうと思っていると、ほんとうに来たりするんです。そういう経験があるからかもしれません。

田原　そこは、基本的に男性と女性の違いかもしれない。女性は、どちらかというと自信がある人が多いと思う。男性はたいてい、自分に自信がない。だから、評価されるよう一所懸命やる。

どちらも一所懸命やることは変わらないとしても、その動機がぜんぜん違うね。

心は理性で説明できない。だから宗教がある（田原）

田原　人間の生と死を考えるとき、避けて通れないテーマの一つに宗教があります。なぜなら世界のあらゆる民族が神を持っている。神を持っていない民族はない。人間は理性だけでは生きられないし、理性だけでは解決できないことが多すぎるから、宗教に興味を持たざるを得ないとも言えます。

下重　確かに宗教との関わり方で、その人の価値観や生き方はとても影響されます。先に挙げた石原慎太郎さんと曽野綾子さんの対談でも、死後の世界が話題になっている箇所がありましたが、二人の考えはまったく違っていました。

田原　石原慎太郎は仏教徒で、曽野綾子はキリスト教だ。

下重　曽野さんはキリスト教徒ですから、死後の世界を確信しているけれど、石原さんは仏教徒なのに、信じていない。そこがまた石原さんらしくて面白いと思いました。

田原　同じ宗教を信じても、細かい部分は違うね。たとえば遠藤周作もキリスト教を信じていた。僕は彼とは何度も宗教の話をしたけど、曽野さんとはかなり違う。彼女は、神によって病気も治ると思っているけど、遠藤さんは、それはないと言っていた。

下重　曽野さんはそこまで言われるのですか？

田原　遠藤さんはキリスト教だけど、死後の世界にも懐疑的でした。それが面白いね。

下重さんは宗教には興味ないんですか？

下重　そんなことないですよ。私は長いことパレスチナ・キャンプを取材してきましたから、イスラムの世界にも関心があります。だから、最近の中東の紛争状態を見ていると胸が痛みます。

田原　イスラムの場合は、殉教者は天国に行けるというのがある。特にＩＳ（イスラム国）みたいなイスラム原理主義の場合は、テロと結びつきやすい傾向があります。

下重　確かにイスラム教というと、どうしても過激な宗教だと思われがちですが、必ずしもそうではありません。元を辿ればキリスト教と兄弟ですし、根本的な考え方はほとんど同じなんです。

ところが宗教を政治に利用している人たちがいて、そこで様々な問題が起こり、その結果、宗教としても誤解されている気がします。

田原　僕は、どちらかというと、キリスト教もイスラム教も好きじゃない。それはなぜかというと一神教だからです。ひとつの価値観に縛られるため、思想に多様性がなくなってしまう。その点、日本は多神教の国です。多くの日本人は仏教徒だけど、仏教には仏様がたくさんいる。神道に至っては八百万《やおろず》の神です。だから多様性があるんです。
下重 私もいちばん自分の身に添うのは何かと聞かれれば、仏教です。
田原 この多神教の国っていうのは意外に珍しいらしいですね。

なぜ宗教が力を失ったか

下重 私は叔父に吉田久一という仏教学者がいて、仏教のこともそれなりに知っていますし、先ほど言いましたがイスラムにも興味があるから、いろいろ調べました。確かに多神教というのは世界的に見ても珍しいです。神様がたくさんいるというのは、宗教としては弱いかもしれませんが、なんだか救われる気がします。
田原 この前、立憲民主党の枝野幸男代表が本を出したんだけど、そこで面白いことを書いていた。自分は保守リベラルだと。保守だから、伝統というものを重んじる。では、自分の考える日本の伝統とは何かというと、一五〇〇年に及ぶ歴史を踏まえたものであり、その核が多神教だと。
下重 伝統の最重要な要素が多神教というのはユニークですね。

田原　そう。もう一つはね、稲作だと。稲作はひとりではできないから、共同体による助け合いが必要だと。つまり、自分の基本は多神教であり、助け合いの精神だと。

下重　枝野さんがそういうことを言っているというのは、とても興味を惹かれます。田原さん自身はなにか信心していらっしゃるのですか。

田原　いえ、僕はあらゆる宗教に興味があるけど、信じているわけじゃない。ただ、強いて言えば、やはり仏教ですね。というのも僕は、梅原猛さんをとても信頼していたから。

下重　それはお聞きしたことがあります。

田原　梅原さんはもともと哲学者なんです。デカルトから始まって、デカルトからカント、ニーチェ、サルトルまで研究した。ところが満足できない。哲学は理性だけれど、人間というのは理性だけでは生きていけない。心というのは理性では説明が付かない。

下重　人間の心は矛盾だらけですから。梅原さんは哲学者というより、むしろ作家的な要素がある。

田原　その通り。矛盾を認めないと生きられない。そこで梅原さんは釈迦へ行き着いた。だから僕も仏教には興味がある。なかでもいちばん興味があるのは曹洞宗です。反対にいちばん興味がないのは浄土真宗。

下重　それはなぜですか。

田原　だって、仏様の力頼みで他力本願でしょ。だから、浄土真宗のお坊さんは信用していません。

下重　そうですか。でも、親鸞が他力本願の境地に辿り着くまでには、厳しい修行をしています。そのうえで弱者を救うための教えを考えたのであって、最初から仏様任せでいいと言っているわけではありません。

田原　確かに、親鸞は立派だと思うけどね。

下重　田原さんに賛同するとすれば、浄土真宗は大きくなりすぎましたね。もっとひっそりと反抗する宗教でなければいけなかったということは、私も思います。

田原　僕が不思議なのは、今の時代、宗教が力を失っていることです。だって今の時代こそ、みんな自信を失っている。この先、世界がどうなるんだって不安を抱いている。そういうときこそ、宗教の出番のはずです。

下重　人の不安に寄り添い、道を示すのが宗教の役割ですからね。

田原　公明党がひところから見ると100万票ぐらい票を減らしているのも、創価学会が力を失っているから。結局、人びとの不安に応えているのは、資産運用の商品を売っている株屋だけですよ。この商品を買っておけば、老後も安心ですよ、って。

下重　八百万の神もなくなって、いまや日本人はお金教の一神教になったのですかね。それでほんとうに心の安定が手に入り、幸せになれるのか。私には理解できません。

第6章 「生涯現役」を考える

高齢者ほど、もっと
自分を優先するべきだと思います（下重）

自分がやりたいことをやる。
それが世の中に必要とされれば仕事になる（田原）

そもそも悠々自適などというのは幻想です（田原）

田原　僕にとっていちばん関心があるのは政治の世界だけど、最近はサイエンス分野にも興味があるんです。なかでも注目しているのが、京大の山中伸弥教授が開発したｉＰＳ細胞です。前にも少し触れましたが、山中教授によると、あと10年もすると、あらゆる病気が治るようになり、日本人の平均寿命は１２０歳くらいになるらしい。

下重　それはあり得ますよね。

田原　寿命が延びるのはめでたいことで、これまでの科学はそれを目指してきたわけだけど、いざそれが実現すると、予想外の問題が出てきた。

日本はこれまで、ほとんどの企業が60歳定年でやってきた。65歳まで雇用延長や再雇用で働けるようになったけれど、それでも寿命が１２０歳になると、退職してから死ぬまで55年もある。その間をどう生きるのか、切実な問題です。

年金を払う人口はどんどん減り、年金をもらうほうはどんどん増えるわけで、今の年金制度はどう考えてももたない。極端に言えば、日本社会のあり方を全部作り直さないといけないでしょう。

これまでは、20年学び、40年働き、15年は年金生活というのが一般的なサラリーマンの人生設計でしたが、これを書き直さなきゃいけない。

下重　企業の年功序列、終身雇用を維持するのも難しくなりますね。仮に定年が75歳になったとしても、それから先が45年。今でも高齢者は、現役引退後をどう過ごすかで悩んでいると言われるのに、さらに30年以上も寿命が延びたら、ますます困る人が増えるでしょう。

田原さんは、あと30年以上生きることになるとすると、どうしますか。

田原　僕は、１２０歳まで生きるとしても同じ、死ぬまで仕事をする。

下重　私もそうです。１２０まで生きるなら、生涯書き続けたいです。

田原　早く現役を引退して悠々自適の暮らしがしたいという人もいるけど、まったく理解できません。そもそも悠々自適などというのは幻想です。

定年まで働けば、あとは楽な年金暮らしが待っているから、現役時代は安月給でも辛抱しろと企業が言うための、まやかしだ。

ご隠居の役割

下重　落語の世界にはご隠居さんというのが登場します。『寝床』では、好きな義太夫を聞いてもらいたくて、長屋の人たちにご馳走したりする姿が描かれますが、あのご隠居は日々何もせずに遊んで暮らしていたわけではありません。ご近所の相談事に乗るなど面倒を見る立派な役割があったのです。

田原　だてに年を食っているわけではなくて、頼りにされている。

下重　そうです。大工さんとか魚屋さんといった、いわゆる職業ではありませんが、自分の役割があるし、世の中の役に立っていた。それがないただの遊び人だったら、誰も頼ったりしません。少なくとも私はなんの役にも立たない悠々自適の生活には、まったく憧れませんね。

田原　言い換えると、仕事というのは世の中と関わりを持つということでもある。給料をもらって働くことだけが仕事ではない。

下重　私の解釈では、世の中に必要とされているかどうかが、最も重要。それが満たされていることが、大切なのではないでしょうか。

田原　確かに、自分のしていることが世の中から必要とされるなら、それがいちばん幸せです。その点で言えば、僕はこの年になっても取材をし、テレビに出たり、原稿を書いたりしていて、今のところ「もう辞めてくれ」と言われたことはありません。ありがたいことです。

下重　仕事のペースも以前とまったく変わりないように見えますね。毎日、取材や打ち合わせを何件くらいこなしていらっしゃるのですか。

田原　一日に平均すると4組ぐらいは人に会っている感じです。

下重　それはすごいですね。疲れませんか。

田原　いや、まったく疲れません、毎日、面白いですよ。

下重　私は多くても3組までです。それ以上はごめんなさい、しています。正直に言えば、一日1組ぐらいがちょうどいいですね。

田原　下重さんは書くことが仕事だし、多分それが好きなんだ。それと比べて僕は、人に会うこと自体が好きなの。ただ、僕と会っている相手は、疲れているかもしれないけど。

下重　そんなこと、気にする必要はありません。自分の好奇心を満たせば、それでいいのではないですか。

若いときは生活や収入もある程度は大切ですから、相手を怒らせたりして仕事を干されたらどうしようなどと、気を遣うこともあるでしょう。でも、この年になれば、そんなことはどうでもいい。高齢者ほど、もっと自分を優先するべきだと私は思います。結果的に、それが世の中の役に立てば、こんなに幸せなことはありません。

田原　そうですね。まずは自分がやりたいことをやる。それが世の中に必要とされていることなら、仕事になる。年を取ったら、お金のことは二の次、三の次でいい。

まあ、僕はずっとそうやってきたし、それしかできないんだけどね。

得か損かという基準でものを考える人は、例外なくつまらない(下重)

下重　私は田原さんがずっと現役として求められているのは、私利私欲がないからだと思うのですが、いかがですか。

田原　私利私欲はないですね。楽しく仕事ができればそれでいい。

僕のことはともかく、話していて面白い人に共通しているのもそれだと思う。たとえば、堀江貴文、ホリエモンね。僕は彼が会社を興したときからよく知っていて、警察に逮捕される前日まで対談をしていたんです。しばらくして突然電話がかかってきて「堀江です」というわけ。「今どこだ?」「たった今、刑務所から出てきました。またお会いしましょう」って、面白い男だよ。

下重　あの人は、いわゆる金儲けにしか興味がない人たちとはどこか違いますね。

田原　東大を中退するくらいだから、最初から欲がないんだ。得になることをやろうっていう気持ちは最初からなかった。だから面白い。

下重　得か損かという基準でものを考えている人はすぐにわかりますし、例外なくつまらない。なぜかと言えば、自分をよく見せたいという気持ちが先にあるから、思ったことを言えず無難なことばかり言っている。これは年齢に関係なく、そう思います。

田原　欲得がない人と言えば、僕は永六輔さんも評価していた。下重さんも、永さんとはお付き合いがあったとおっしゃっていましたね。

下重　ええ、実は私がＮＨＫを辞めてフリーになったとき、最初にやるはずだった番組は永さんとご一緒する予定でした。永さんは、女性を仕事で上手に使ってくれるとお聞きしていましたから、私をどう生かしてくれるのかと期待していました。ところが第１回のナマ本番で「ヤーメタ！」と言って自分でやめてしまいました。呆気にとられて！あのときはほんとうに残念でした。

田原　僕は、永さんが偉かったと思うのは、勲章をもらわなかったことなんだ。天皇から直々にもらえるという話もあったのに、それも断っている。

下重　そうそう、断りました。叙勲制度そのものに反対していましたから。ＮＨＫの放送文化賞くらいかな？

田原　実は、僕もこれだけ長い間ジャーナリストをやって、いろんなものを書いてきたけど、賞というものにはまったく縁がない。

下重　それを言うなら私も同じですよ。田原さんはご自分で断ったのですか、それとも向こうから来ない？

田原　声も掛からない（笑）。賞を出すほうの人間からすると、あんな奴はけしからんと思うのでしょう。まぁ、仕方ないね。

下重　それは自慢ですよ。賞をもらって権威になってしまうと、言いたいことも言えません。賞と縁がないというのは、ジャーナリストとしては最高の栄誉だと思います。

田原　そうだね。こうなったら最後まで賞とは無縁の人生をまっとうするか。

悟っていないというのは、お利口にならないということ（田原）

田原　下重さんはベストセラー作家で、毎日締め切りを抱えて、僕なんかより忙しいんじゃない？

下重　おかげさまで最近はいろいろと声を掛けていただいていますが、こんなに必要とされるようになったのは、80歳を過ぎてからです。

田原　もともと下重さんは文章も上手だし、僕も含めて評価する人も多かった。それが80歳を過ぎて、急に売れ出すというのは、なにか周りの見る目が変わるきっかけがあったんですか。

下重　私は何も変わっていないのですけどね。自分なりに分析すると、誰も見てくれなくてもコツコツと書き続けてきたことが、よかったのかもしれません。

あとは、いかに自分が裸になるか、つまり正直でいるか、そこが勝負だということは意識してきました。それができるようになったとき、ある程度本が売れるようになったかもしれない。逆に言えば、ほんとうの意味で裸でいられるようになったのが、その年齢だったということかもしれません。

田原　下重さんみたいに個性のある人が、今の時代は必要とされているんです。

下重　どういう意味ですか？

田原　世の中の多くの人と、自分の感覚が違うことが多いでしょう？

下重　確かに人と同じことをすることが、なにより嫌いだし、常に人と違うことをしようと心掛けて生きてきました。実はこれは野際陽子さんと一緒の職場にいたから身についたことです。

田原　野際陽子が個性を大切にしているのを見て参考にしたの。

下重　いや、まったく反対です。彼女はＮＨＫのなかでもほんとうに美人で、才能もある。欠点がない人でした。

当時、名古屋放送局へ転勤したら、若い女性のアナウンサーは彼女と私しかいないから、何かにつけて比較されるわけです。どちらかひとりを採用するという状況になることも多くて、そんなときに彼女の真似をしていてもダメですよね。下重暁子をアピールするには、むしろすべて彼女と逆の発想でやっていました。それを続けていくなかで、下重暁子の個性ができていったわけです。

田原　野際陽子という好敵手がいたから、今の下重暁子がいると。そういうことね。

下重　そう、だから私は彼女には感謝しかありません。

瀬戸内寂聴の見事な年の取り方

田原　僕が下重さんとともに、もうひとり、女性で注目しているのが瀬戸内寂聴さん。下重さんは彼女のことどう思う？

下重　とても面白い方ですよね。面白いし反骨がある。悟っていないところが素晴らしいと思います。

田原　悟っていないというのは、お利口にならないということでしょ。彼女に「あんたは作家なのに、なぜ直木賞を取れなかったんだ」と尋ねたことがあるんだけど、その答えが最高だった。「私がモテすぎて、審査員たちが全員やきもちを焼いたからもらえないのよ」って。

下重 彼女らしい言い方ですね。実は私、寂聴さんとも縁があって、彼女が剃髪して尼になったとき、彼女がそのことを告白した手記を初めてマスコミの前で披露したのが私なんです。

当時、テレビ朝日「モーニングショー」のプロデューサーだった小田久栄門さんが寂聴さんの手記を預かっていて、私にテレビのナマ本番で読めと命じたんです。

田原 それは初めて聞きました。僕が彼女を評価するのは、とにかく明るいことと、物事を隠さない。あれだけ正直な人はいない。

下重 そうですね。私が寂聴さんのことで、もっとも印象に残っているのは、宇野千代さんが亡くなったときに彼女が読んだ弔辞です。

寂聴さんは宇野千代さんと何度かお会いして、そのたびに過去の男性との関係を宇野さんに聞いたそうです。東郷青児とはどうでしたか、梶井基次郎とはどうでしたと。そうしたら、宇野さんは「やりました」「やりました」、全部「やりました」とおっしゃったって。

正直に答える宇野さんも凄いのですが、それを弔辞で紹介する寂聴さんには正直、驚かされました。しかも、このエピソードが宇野千代さんをなにより的確に表しているわけです。あれを聞いたとき、私にはとても真似ができないと思いました。

田原 多分、その場にいた人全員が下重さんと同じ感想を持ったでしょう。普通なら葬式でそんなことをバラさなくてもと思うんだけど、彼女は批判されない。むしろ評価される。それは彼女が正直で嘘がないから。あんなふうに年を取れればお見事ですよ。

高齢者の恋愛が難しいのは、性がタブー視される時代に育ったから(下重)

田原 寂聴さんの艶っぽい弔辞の話が出たところで、もう一つの生涯現役についてお聞きします。ご存じだと思うけど、今、高齢者のセックスというのが社会的な大問題になっている。昔はそんなことが問題になることはなかったけど、70、80歳になってもみんな元気だから、恋愛もしたいし性欲もある。さて、それをどうするか。

下重　女性も元気で長生きなんだから、お互い需要と供給があるはずなのに、うまくいかないですね。

田原　なぜ、ミスマッチが生まれると思いますか？

下重　一つにはわれわれの年代でいうと、子ども時代の教育の問題もあると思う。私たちが10歳くらいのころに日本は戦争に負けて、憲法が新しくなって、そこで男女の問題っていうのも変わりましたね。男女共学っていうのが始まったじゃないですか。

田原さんは同じクラスに女の子はいたんですか？

田原　いや、小学校5年生の1学期までは別学ですよ。女の子と口をきいたら、上級生から殴られましたよ、ほんとに。

ところが、新制中学へ行ったら男女共学。それから、困ったのがスクエアダンスの時間があるの。男女でね、手つないで踊れって。

下重　ありましたね、スクエアダンス。

田原　いきなり手をつないで踊れと言われても、女の子と口をきいただけでぶん殴られる時代に育ってきたから手をつなげるわけない。僕だけじゃなくてみんな。そしたら、教師が「1、2、3って言うから、3でつなげ」、無茶苦茶です。

下重　それですぐ慣れました？

田原　慣れない。結局、中学校、高校を通して、女性と恋愛したことは一回もない。ダンスの授業以外で手を握ったこともない。

下重　田原さんが昭和9（1934）年生まれで、私が昭和11（1936）年なので、年齢は二つしか違わないのに、そこはずいぶん違いますね。

私は、高校生のときには、もう決まったボーイフレンドがいましたよ。そういう男女平等みたいなものは女性のほうが受け入れやすかったのかもしれないけれど、これは男女の差というより、個人の性格の差ですかね。田原さんは高校でも恋愛に至ることはなかったわけですよね。

田原　なんだか、怖くてね。

下重　怖い？　何が怖いのですか、女性が？

田原　いや、だって、話をするだけで怒られたわけだから、女性と親しくすること自体が悪いという意識がどこかにあるわけです。

誰も教えてくれなかった

下重　でも、興味はあったわけでしょう。

田原　興味はありました。変な話だし、今まで喋ったことがなかったんだけど、最初の女房と結婚して新婚旅行して、最初の晩、僕も女房もそれまで経験がなかったから、どうしていいかわからなくてね、2時間ぐらい困っちゃって。

下重　いい話じゃないですか。

田原　ほんとうなんだから。血が出るなんて思いもしなかったからビックリして、こんなことでいいのかなって。

下重　それはさすがに知識不足ですね。それまでに勉強する機会はなかったんですか。よく悪い友だちや先輩が悪所へ連れていくとか、そういうことを聞きますよ。

田原　なかったね。まあ今からすると、呆れた話かもしれないけどね。下重さんはどうなの？

下重　私もそういうことなんてまったく教えられていないですよ。ただ、おませで小学校の高学年で今ぐらい背丈があったんです。6年生のときにね、突然血だらけになるわけです。なんだかさっぱりわからなくて、母親に怪我をしたって言いにいくのですが、それはわかりますよね。今なら6年生なんて当たり前ですけど、そのころ6年生で初潮があるなんていうのは珍しかったんです。だから母もびっくりしてね。

田原　もう一つ思い出した。中学のときに本を読んでいて、突然出ちゃったわけね。なんでこんなのが出るんだろう。で、親父に、病気じゃないかと相談した。

下重　そう、病気じゃないかって思いますよね。

田原　それで、僕、ほんとうに医者へ行ったんですよ(笑)。それで医者に話をしたら、いや、出て当たり前なんだって言って。

下重　お父さまは教えてくれなかったんですか？　息子にどう言えばいいか困ってしまったんでしょうね。

大人もあのころは性をタブー視する時代でしたから。そういう時代に育ったから、今もセックスもふくめた男女のコミュニケーションが苦手なんじゃないかしら。

男はね、70代になってもセックスしたいんです（田原）

田原　高齢者の性ということと並んで、寿命が延びたことで、男も女も伴侶に先立たれた後、ひとりのまま過ごすのか、新しい相手を探すのかという問題が出てきました。

そういう意味で言うと、僕らの世代の男たちは、戦後からもう70年以上、男と女の関係に悩み続けていると言ってもいいかもしれない。

そもそも、年齢とともに変化する性に対する欲求も、男女で差があるんじゃないかと僕は思っている。女性はだいたい60代になると、セックスが嫌になる人が多いらしい。ところが男は70代になってもセックスしたいんです。そこにギャップが生まれるわけ。

下重　男は70歳を過ぎてもしたいんですか。いいこと聞きました。

田原　80代になると、機能的に難しくなる人が多いけど、70代は現役で、最近は60以上の男たちのための風俗産業も流行っているじゃないですか。でも、高齢の女性を対象にしたサービスというのは知りません。
たとえば、電車のなかで女性のスカートのなかを盗撮する男がいますよね。女性で盗撮するというのは聞いたことがない。
下重　それはそうですね。
田原　それからね、男は女性の裸を見たいから、ストリップショーって基本的に脱ぐのは女性ですよね。男性が脱ぐストリップも、バブルのころにちょっとあったと思うけど、ほぼないに等しい。やはり、男のほうがいくつになっても性に貪欲なんですよ。
下重　それはどうでしょうか？　実際には男女でそんなに差はないと思います。性欲はあるんだけど、それこそ躾《しつけ》みたいな感じで、昔から「女は男の言うことを聞け」みたいな風潮が当たり前になってきたわけです。それが変わってきたのは、ごく最近ですよね。
性について慎み深いことが、女らしさと言われてきたから、そう振る舞わざるを得なかっただけで、私は女の本質的なものは全然違うと思います。男とそんなに違わないと思う。むしろ、もっと激しいかも。実際は女もちゃんと性欲はありますよ、いくつになっても。私はそれが自然だと思っていますね。

田原　女性はいくつになっても性欲を持つべきだ、と。

下重　持つべきかどうかはともかく、年を取ったら性欲がなくなると決めつける必要はないということですよ。少なくとも私は今、ものすごく若い男の子に興味あるもの。もう年寄りはいいの、自分より上はいいの。すみません、田原さんも私より二つ上だったわよね。

　田原さんも若い女性に興味があるでしょ。

田原　ありますよ。ただ、性的な興味はないよ。一つには倫理的にやっちゃいけないと思っているから。

下重　倫理的？

田原　仮に若い女性に性的な興味を持って、行動に移したとすると、セクハラになる危険がある。電車のなかで女性のスカートのなかを覗くとか写真を撮りたいという欲求は、男全体にあると思っている。でも、僕がやらないのは、やったら捕まるのがわかっているから。要するに自制心があるからで、やりたい気持ちは年齢に関係なく男ならあると思っている。

需要と供給が合えば再婚も

下重　田原さんが書かれた『シルバーセックス論』という本に、元東京都知事の猪瀬直樹さんが、奥さまを亡くされた後、ひと回り以上も年下の女性と再婚されてすごく生き生きとしているという話が紹介されていましたよね。

田原　そう、彼は今ほんとに生き生きしている。

下重　私、猪瀬さんと一緒に中国に行ったことがあるんです。梅原猛さんが団長で、日本ペンクラブが主催して5人ぐらいで出掛けました。私は秘書役だったのですが、そのとき猪瀬さんがお土産を買いすぎてバッグに入らないので、空港で荷物をバーッと広げて、右往左往していたんです。私はそういう人の面倒を見るのが好きなタイプではありませんから、「仕方ない人だなぁ」と思うだけです。でも、面倒見のいい女性だったら、そういう姿を見て、私がこの人を助けるんだと思うかもしれません。

田原　ほっとけない？

下重　そう、ほっとけない。それで需要と供給が成り立つなら、いくつになっても再婚するなり、恋愛するなりすればいいと思います。私はそういう人は面倒くさくて、考えもしませんが。

田原　確かに彼が結婚した女性は、面倒見のいいタイプです。

下重　そうでしょ。猪瀬さんの前の奥さん（2013年に死別）も知っているけど、同じように面倒見のいい素直な人でした。意外にそういう女性は多いと思うから、妻に先立たれて寂しいなら、そういう女性を探せばいいんです。

人間は、昨日と今日で違う自分を見つけることもある（下重）

田原　この本の最後は、われわれのこれからについて話しておきましょう。

下重さんは先ほど、死ぬまで物書きでいたいとおっしゃいました。今は生き方に関するエッセー的なものを書いてほしいというニーズが多いように思うけど、今後について何か違うものも考えていますか。

下重　今は確かにそういう仕事が多いですが、これから先はわかりません。これまでとまったく違うものを書きたいと思っていますし、そうしないといけないと思っています。

田原　いけないというのは、読者に飽きられないようにするため？

下重　意外に思われるかもしれませんが、私はこれまでほんとうに書きたいものを、まだ何も書いていないと思っているのです。

生き方に関する文章も、自分が実際にやってきたことや考えてきたことを言葉にしているという意味では書きたいことですが、ああしたものを自分から書きたいと思っていたわけでもありません、まして、売り込んだこともありません。それがたまたま読者に喜んでもらえたというだけです。

しかも、人間は、昨日と今日で違う自分を見つけることもあるわけですから、それに素直に従えば、書く内容も変わっていくのが自然です。これからもその姿勢は変わりません。もしかしたら、読者に興味を持ってもらえない内容かもしれませんが、それは結果でしかありません。もちろん多くの人に読んでもらえれば嬉しいですが、売れなきゃ売れないで、いいじゃないですか。

田原　自己満足のほうが重要であると。

下重　自己満足というより、自分が納得できるかどうか。そこですね。

田原　具体的にどんなものを書く予定か決めているの。

下重　決めていますが、企業秘密です（笑）。

田原　そう言われるとジャーナリストとしては、ますます知りたくなる。

下重　ではヒントだけ。これまでノンフィクションは書いてきましたけど、小説を書いてみたいという気持ちがあります。ノンフィクションは事実の検証が必要で、登場人物がどう思っていたかなどを想像して書くわけにはいきません。妄想をたくましくして心のヒダの部分を書きにくいわけです。今後は、そこに挑戦してみたいと思っています。

田原　下重さんは学生時代から小説家志望だったとお聞きしたことがある。いよいよ夢の実現に向けて漕ぎ出したということだ。読者はいつごろになったら下重さんが書く小説を読むことができそうですか。

下重　あと5年くらいの間には、なんとしても小説を書いてみたいと思っています。それも長編の書き下ろし。ハードルは高いと思いますが、せっかく挑戦するならハードルは高いほうが楽しいですからね。時期も含めてできるかどうかはわかりませんが、結果はやってみないことにはわかりません。もしできなければ、しょせん、私にはそれだけの能力がなかったということです。

田原　プランBは準備しない、と。

下重　あるとすれば、短詩形。学生のころは詩を書いていました。卒論も萩原朔太郎でした。今は俳句ですかね。これは五七五ですから、感性さえしっかりしていれば、いくつになってもやれると思います。

期限を区切って、90歳までにやることを三つ決めた（田原）

下重　田原さんも生涯現役のジャーナリストとして人生を送られるのだと思いますが、

これから新たなチャレンジを考えていますか。

田原　下重さんは年齢なんか気にする必要ないと言っていたけど、僕は80になって考えが少し変わったんです。

それまではできる限りのことを精一杯やっていればいいと思って、その時々に興味があることを追求してきたわけです。でも、今は残り時間を考えて、やることを絞るようにしました。具体的に言うと、今の状態を続けられるのはあと3年だと思っている。

下重　なぜ、あと3年なのですか？

田原　だって、あと3年で90歳だから。90になると認知症にもなるだろう、と。だから、あと3年。

下重　認知症というのは、一日中ぼーっと無気力に過ごしているほうがなりやすいんです。田原さんは大丈夫ですよ。

田原　そうならいいけど、なるかもしれない。なったときに後悔しないため、期限を区切って90歳までにやることを三つ決めたんです。

下重　どんなことですか。

田原　一つは、言論の自由は身体を張っても絶対に守る。
下重　それは絶対にやるべきですね。
田原　二つ目は日本の経済を立て直す。１９８９年には時価総額で世界のトップ50社のなかに日本の企業は32あって、トップ10に日本企業が7社も入っていた。
　ところが今は世界のトップ50社の中に入っている日本企業はトヨタ1社だけ。一人当たりGDPも、１９９５年には世界の主要国でトップだったけど、今は33位。日本の下はプエルトリコ、どうしようもない。これをなんとしても復活させなきゃいけない。
下重　目標がとてつもなく大きい（笑）。
田原　もう一つ、もっと大きいのがある。日本の安全保障を正しい姿にする。ご存じのように、日本はこれまでアメリカの核の傘の下に入って守ってもらってきた。第二次大戦以後、アメリカは世界で最も豊かな国だから、アメリカ人も自分たちが世界の警察として地球を守るのはアメリカの使命だと言ってきた。
　ところが、アメリカの経済が悪化して事情が変わった。オバマが世界の警察はやめると言い、トランプはアメリカファーストだと言い出した。日本がアメリカに守ってもらえばいい時代は終わったんです。では、これからの日本の安全保障はどうするんだと。

下重　いちばんの悩みどころです。

田原　だから、ここをあと3年で筋道が立てられるよう、できるだけ協力する。それをやるのが日本のためにいいと思っている。僕は体制でも反体制でもない。この国をよくするためには三つのことが必要だと考えています。

下重　3年間で全部できそうですか。

田原　今までは政治家や役人に話をして、やらせようと動いてきたけど、最近はどうも自分だけではダメだと感じ始めました。そこで同志を探している。いったいどういう連中に委ねればいいのかということを今は考えています。それが僕のミッションです。

戦争を知っている最後の世代だから（田原）

下重　目標の中身については田原さんの考えだから、とやかく言いませんが、私が凄いと思うのは、いつまでもそんなに大きな目標を持ち続けていることです。田原さんはなぜ、強いモチベーションを維持できるんですか。

田原　僕が戦争を知っている最後の世代だからですよ。

下重　私もまったく同じです。戦争も敗戦も知っていますが、田原さんのような行動力はありません。

田原　僕らの時代、戦争に負けて教師の言うことが百八十度変わった。しかも、その後、平和が大事と教えてきたのに、高校の1年になって朝鮮戦争が始まったらまた豹変した。僕が戦争反対と言ったら、「おまえは共産党か」と言われました。

下重　赤だ、赤だと言われましたよね。

田原　二度も騙されて、いよいよ偉い奴の言うことが信用できない、マスコミも信用できないとなって、僕はそのときからジャーナリストになろう、自分の目で見て自分が確かだと思う行動をしようとなったんです。

下重　そこは私も同じような経験をしています。むしろ私は軍人の娘ですから、切実でした。毎日毎日、父が軍の機密書類を焼いているのを見て、何も信じられなくなりました。父が公職追放になった姿も直接身近に見て、さらにその後、戦時中のような考え方に戻っていくなかで、戦後の日本の変遷を感じてきたのです。

田原　そうか、その意味では僕よりショックは大きいかもしれない。

下重　それでジャーナリストになるのは、すんなり腑に落ちるのですが、二度も手ひどい裏切りに遭っていながら、なぜ政治家や官僚と一緒に国をよくしようと思うのか。そこがよく理解できません。田原さんは日本やアメリカも含めて国家を信じているということですか。

田原　僕はね、超楽観主義なんだ。国を信じているというより、きっとよくなる、なんとかなると思っていると言ったほうがいいかもしれない。

下重　そこは私と決定的に違うところです。

田原　僕は、まったく悲観論者ではないんです。

下重　私も自分の生き方についてはポジティブでおめでたい。やり続けていれば誰かが必ず私という人間に気づいてくれる、と思ってきましたから。

でも、国であるとか、世界であるとかについては、ものすごくペシミストです。

田原　ペシミストっていうと？

下重　立花隆さんが講演でよく言っていましたが、あと何年かしたら日本も世界もどうしようもないことになっていくだろう、と。私もまったく同感です。

たとえばコロナがこの時代に発生するのもそうですし、気候変動もそうですが、そういうものが重なって、いずれ地球の「Xデー」が来るだろう。しかもそれは、そんなに遠い話ではないと思っています。

田原　僕は来ないと思う。

僕はそのころには生きていないけど、30年後のことを考えると確かに心配だ。このままだと30年後は人類が生きられないかもしれない。今年7月の熱海の土砂災害だって、盛り土という人災の側面があるものの、前代未聞のことです。地元に長く住んでいる人が、こんな経験は初めてだと言っている。地球が壊れ始めているのかもしれない。

下重　私はそれを言っているんですよ。開発だ、生活を豊かにすると言っていますが、やはり人間がやっていることは地球を壊すことです。人間にできるのは、来たるべきXデーを人類の知恵を結集して、少しでも先へ延ばすことだと思うのです。

田原　でも今、世界のリーダーはそれに気づいて世の中を変えようとしている。CO_2の排出規制にも本気で取り組み始めた。簡単ではないけど、まだ間に合うと僕は信じたいね。自分が年を取ったからといって、未来のことなんか知ったことか、というのは無責任だからね。

下重　私も自分にできることはやるべきだと思ってますよ。

おわりに

田原　総一朗

下重暁子さんと対談を重ね、生きるとはどういうことなのか、なんのために生きるのか、という問いを懸命に考えさせられることになった。

日本人の、特に男たちのほとんどは、企業や役所に勤めて、定年まで働くことが、生きることだと考えているのではないか。もちろん、そのなかで結婚して、子どもを育てるのだが、現在でも、日本では子育ては、妻に委ねているケースが多いのではないか。

これは大問題で、日本のジェンダーギャップ指数は、世界で１２０位である。

日本では、定年である60から65歳まで働いて、老後の十数年は年金で暮らす、というのがパターンであったが、定年後、孤独感から体調を崩す例が少なくない。

しかし、寿命が延びて、90から１２０歳まで生きることになると、人生設計をつくり直さなければならなくなるのではないか。

私は、ジャーナリストになりたいと思って、朝日新聞やＮＨＫ、ＴＢＳなどを受験して、いずれも落ちた。そして、結局、開局前の東京12チャンネル（現・テレビ東京）に入社したのだが、結果的には、これがとてもよかった、と捉えている。

現在のテレビ東京はすばらしいテレビ局だが、当時は三流で、テレビ番外地と称せられていた。

制作費は、日本テレビやＴＢＳの半分程度で、しかも視聴者たちが関心を示さない。そこで、視聴者たちに視てもらうには、日本テレビやＴＢＳ、ＮＨＫなどよりも魅力のある番組をつくらなければならないのだが、能力は、あちらのほうがはるかに高い。だから、考えに考えた末、日本テレビやＴＢＳ、ＮＨＫにはつくれない危ない番組をつくることにした。

権力から嫌われ、警察に捕まる危険性のある番組づくりである。この点では局の管理部門も理解してくれて、やらせてくれた。

もしも日本テレビやＴＢＳに入社していたら、普通の番組をつくっていたはずである。

だが、調子に乗ってやりすぎたために、42歳でテレビ東京を辞めざるを得なくなった。

これは、私のほうに問題があるので、テレビ東京に対して悪い感情はまったく持っていない。理解のある、温かい局であった、と感謝の念で一杯である。むしろ、今となっては、42歳で辞めざるを得なかったことが、自分にとって幸運だったと思っている。

もしも定年まで勤めていたら、それで仕事も終わっていたはずだからである。

42歳で退社したので、生活のためにも、仕事をやらざるを得なかった。

それに、危ない番組づくりをしていることを認めてくれていた人々もいて、ありがたいことにフリーになると、仕事をやらないか、と声をかけてくださる人が少なくなかった。

そして、現在87歳で、まだ現役である。

私は、戦争を知っている最後の世代である。

小学校5年生からは軍事教練が始まり、本格的な社会科の授業も始まった。

先生たちは、この戦争は、世界の侵略国である米英両国を打ち破って、欧米の植民地にされているアジアの国々を解放させるための正義の戦争である、君たちも早く大人になって戦争に参加して、天皇陛下のために名誉の戦死をせよ、と強調した。

ところが、夏休み中の8月15日に玉音放送があり、2学期になって米軍が進駐してくると、同じ先生たちの言うことが百八十度変わり、あの戦争は絶対やってはならない悪い戦争であった。君たちはこれからは戦争などせずに、平和のために懸命に努力すべきだ、と強調したのである。

さらに、1学期までは、新聞もラジオも、国民の英雄として褒め称えていた人物たちが次々に占領軍に逮捕されると、あの人物たちは逮捕されて当然の悪い人間だと強調しはじめた。その典型が東条英機であった。

これが、私たちの世代の原点である。

教師など偉い人たちの言うことは信用できない。新聞・ラジオなどマスコミも信用できない。そして国家は国民を騙すことがある。

これは下重さんも、おそらく同じ思いだと思う。

まだ、ある。

6年生、そして中学の1年、2年、3年まで、先生たちもマスコミも、戦争は悪で平和を守るために頑張れ、と言いつづけた。

ところが、高校1年のときに朝鮮戦争が始まった。そして在日米軍も朝鮮半島に出動した。

そのとき、私が「戦争反対」と言うと、先生に「お前は共産党か」と怒られた。共産党は太平洋戦争が終わるまで、戦争に反対しつづけていて、私は共産党を最も信頼していたのである。

だが、朝鮮戦争が始まると、レッドパージで、共産党は半ば非合法化された。

私は、ますますマスコミや国家が信用できなくなった。

私は、ジャーナリストとして、時流に流されず、あくまで言論の自由を守り、この国が平和でありつづけ、日本人が人間として、自由で平等に生きつづけられるように、頑張りたいと強く思っている。

田原総一朗

1934年、滋賀県生まれ。'60年、早稲田大学を卒業後、岩波映画製作所に入社。'64年、東京12チャンネル(現・テレビ東京)に入社。'77年、フリーに。「朝まで生テレビ!」「サンデープロジェクト」「激論!クロスファイア」など、テレビ・ラジオの出演多数。著書に『令和の日本革命　2030年の日本はこうなる』(講談社)、『自民党政権はいつまで続くのか』(河出新書)など。

下重暁子

1936年、栃木県生まれ。'59年、早稲田大学を卒業後、NHK入局。アナウンサーとして活躍後、フリーに。民放キャスターを経て、文筆活動に入る。公益財団法人JKA会長、日本ペンクラブ副会長などを歴任。著書に『家族という病』『極上の孤独』『明日死んでもいいための44のレッスン』(以上、幻冬舎新書)、『死は最後で最大のときめき』(朝日新書)など。

講談社＋α《プラスアルファ》新書　794-2 A

人生《じんせい》の締《し》め切《き》りを前《まえ》に

男と女、それぞれの作法

田原総一朗《たはらそういちろう》 ©Soichiro Tahara 2021

下重暁子《しもじゅうあきこ》 ©Akiko Shimoju 2021

2021年11月17日第1刷発行

発行者――鈴木章一

発行所――株式会社 講談社

東京都文京区音羽2-12-21 〒112-8001

電話 編集(03)5395-3522

販売(03)5395-4415

業務(03)5395-3615

デザイン――鈴木成一デザイン室

カバー印刷――共同印刷株式会社

印刷――株式会社新藤慶昌堂

製本――牧製本印刷株式会社

KODANSHA

ISBN978-4-06-524569-9